松本清張 傑作之五

MATSUMOTO SEICHO

邱振瑞　譯

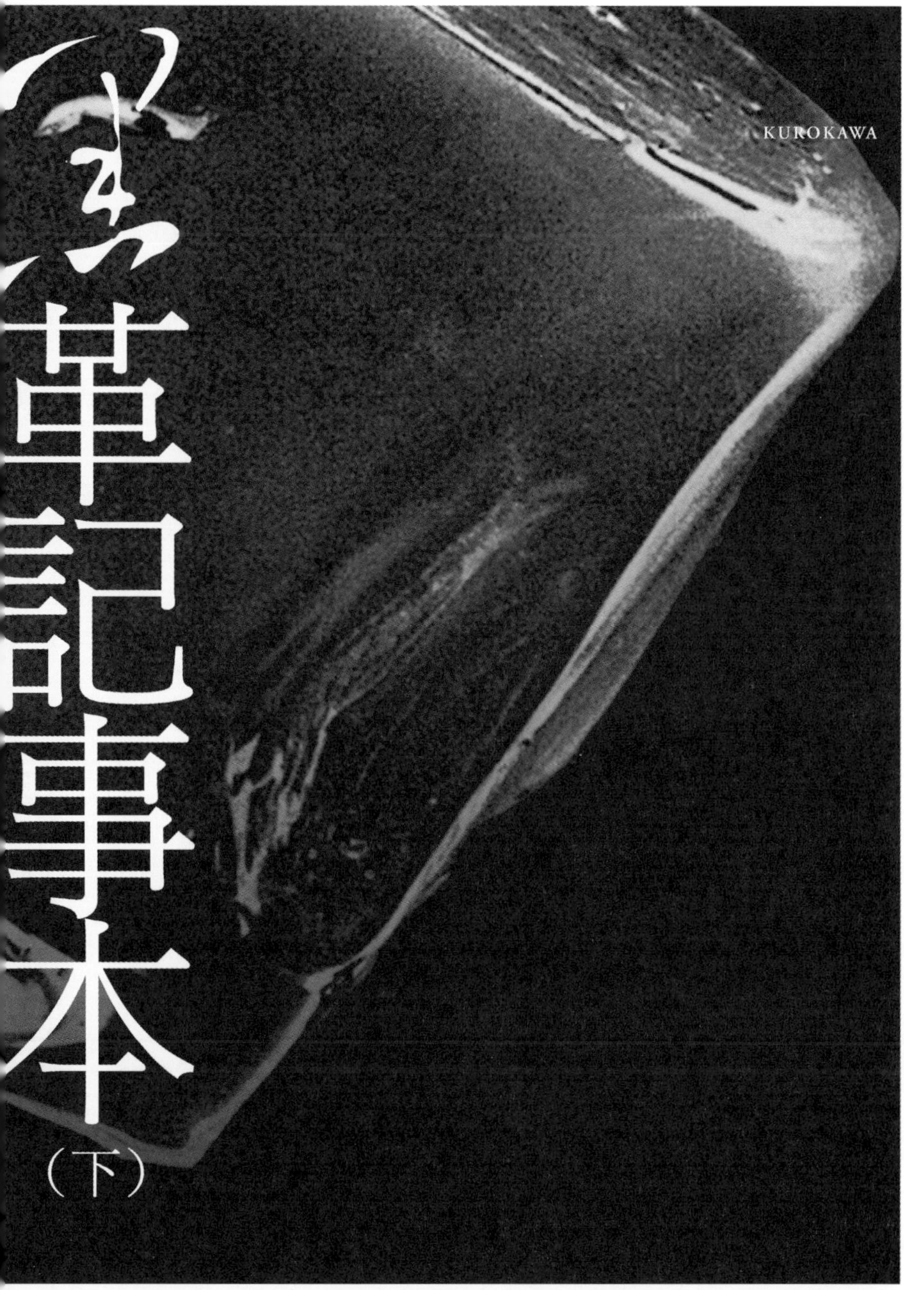

黑革記事本（下）

KUROKAWA NO TECHOU

11

日本一推理大師一經典

松本清張

黑革記事本（下）

CONTENTS

目錄

出版緣起

日本推理大師，永不墜落的熠熠星團

編輯部

一九二三年，被譽為「日本推理之父」的江戶川亂步推出〈二分銅幣〉之後，日本現代推理小說正式宣告成立。若包含亂步之前的黎明期，此一文類經過了將近百年的漫長演化，至今已發展出其獨步全球的特殊風格與特色，使日本成為最有實力的推理小說生產國之一，甚至在同類型漫畫、電影與電腦遊戲的推波助瀾之下，日本著名暢銷作家如桐野夏生、宮部美幸等也已躋進亞洲、歐美市場，在國際文壇上展露光芒，聲譽扶搖直上。

我們不禁要問，在新一代推理作家於日本本國以及台灣甚或全球取得絕大成功的背後，有哪些強大力量的支持、經過哪些營養素的吸取與轉化，能夠在競爭激烈的國際舞台上掙得一席之地？在這些作家之前，曾有哪些重要的作家精耕此一文類、獨領當時風騷，無論在形式的創新或銷售實績上都睥睨群雄、立下典範、影響至鉅？而他們的努力對此一文類長期發展的貢獻為何？此外，日本推理小說的體系是如何建立的？為何這番歷史傳承得以一代又一代地開發出一批批忠心耿耿的讀者，並因此吸引無數優秀的創作者傾注心血，人才輩出？

為嘗試回答這個問題，獨步文化在經過縝密的籌備和規劃之後，於二〇〇六年年初推出全新書系「日本推理大師經典」系列，以曾經開創流派、對於後輩作家擁有莫大影響力的作家為中心，由本格推理大師、名偵探金田一耕助及由利麟太郎的創作者橫溝正史，以及社會派創始者、日本文壇巨匠松本清張領軍，帶領讀者重新閱讀並認識在日本推理史上留下重要足跡的作家，如森村誠一、阿刀田高、逢坂剛等不同創作風格的重量級巨星。

日本推理百年歷史，從本格派到社會派，到新本格、新新本格的宣言及開創，眾星雲集，但跨越世代、擁有不朽魅力的巨匠們，永遠宛如夜空中璀璨耀眼的星團熠熠發亮，炫目不墜。

獨步文化編輯部期待能透過「日本推理大師經典」系列的出版，讓所有熱愛或即將親近日本推理小說的讀者，親炙大師風采，不僅對於日本推理小說的歷史淵源有全盤而深入的理解，更能從經典中讀出門道、讀出無窮無盡的趣味。

黑革記事本

下

13

四天來，元子都未接到安島或島崎澄江打來的電話。橋田常雄也沒來店裡光顧。元子心想，安島可能在說服江口老先生吧。

元子很期待澄江能有所聯絡。即使可使用假名，她還是儘可能不打電話到「梅村」找澄江，這是考慮到澄江平常很少接到外界打來的電話，怕因此引起「梅村」的老闆娘和員工的懷疑。

第五天下午一點左右，澄江終於打電話來了。

「媽媽桑，好久不見，近況好嗎？」

澄江的寒暄總是非常客氣。

「哎呀，我正等著妳的電話呢。」

這不只是口惠，而是元子的真心話。

「是嗎？對不起！因為這四、五天來店裡非常忙碌。」

「妳現在在哪裡？」

話筒那端傳來了車聲和講話聲。

「我現在在一樹街的公共電話亭。剛好有點事出來一下。」

住在「梅村」的澄江並沒有太多自由時間。

「澄江，妳可以向店裡請假兩個小時嗎？」

「如果是從現在起，兩個小時應該不成問題。」

「待會兒，我會到赤坂附近去，有話想跟妳談談。」

「好的。不過，約在赤坂附近，我怕被『梅村』的員工看到，還是稍微遠點的地方比較好。」澄江顯得十分謹慎。

「說的也是。那麼我們約在原宿吧。出了原宿車站，從表參道往青山街直走約一百五十公尺處，左邊有間叫『貝貝依』的咖啡廳。」元子在電話中描述著原宿的地形。

「是『貝貝依』咖啡廳嗎？」

「店名簡單又容易記吧。我們就約兩點在那裡碰面。」

「我知道了。下午兩點在原宿的『貝貝依』是吧？」性格一板一眼的澄江複誦道。

「談到下午四點，沒關係吧？」

「沒問題。我們店裡四點半開始準備，會忙碌一些，只要趕在這之前回去就沒關係。」

元子迅即開始打扮，心想待會兒跟澄江談的事算是碰運氣，成功率可能只有一半。澄江需錢孔急，得先確保能順利從赤坂高級料亭的女侍轉行當酒店小姐，才能很快有新的收入。

澄江的確曾表示「要在卡露內拚命幹」。這也難怪，一個三十出頭的女人總得為今後的生活打算。

包括打扮時間在內，元子搭乘井之頭線在涉谷站轉乘國營鐵路在原宿車站下車，尚不需要一個小時。

元子走進「貝貝依」咖啡廳時，島崎澄江已經在裡面等候了。店內十分寬敞，客人不多。澄江一身樸素和服，端坐在一張看似瑞士湖泊的巨幅照片下方。今天澄江比平常略施濃妝，坐在燈光微暗的店內，更襯托出她白淨的臉龐。在元子看來，澄江的臉型端莊，若稍加化妝，會更增添女人味。

雖說有話要談，但元子並未馬上進入主題，而是先閒話家常。

元子對著端來咖啡的服務生，問道：「請問『貝貝依』是什麼意思？」

「它是位於雷蒙湖（註）畔旁一個美麗的小鎮。」

「原來如此，所以店裡才掛上湖泊的照片啊。」

服務生離去。

「我好想去瑞士喔。」

註——雷蒙湖（Lac Leman），橫跨瑞士與法國的大型淡水湖，又稱日內瓦湖（Lake Geneva）。

「我也是。」

元子一邊漫談著，一邊思考如何切入主題，並猜想著澄江可能會做何反應。她凝視著澄江的臉龐，眼神裡充滿試探。她心想，這次向澄江探話非得成功不可！

澄江不知道元子為何找她出來談話，過了一會兒終於露出疑惑的表情。

「最近橋田先生常去『梅村』嗎？」

「是的，經常。」

安島所說的「梅村」老闆娘和橋田關係良好一事，澄江當然知情，所以她聲音壓得很低。

「澄江，我問妳……」

元子探出上半身，問道：「妳覺得橋田先生怎樣？」

澄江露出納悶的表情，她似乎聽不懂元子的話意。

「橋田先生是『梅村』的常客，又跟老闆娘交誼密切，妳大概不便說什麼吧。」

元子儘可能神情親切地看著澄江。

「……這些話妳不要告訴別人喔。絕對不可以說出去。橋田先生最近才來我們店裡光顧，為了參考起見，我想知道他的人品。」

元子心想，主要話題已經切入，即使澄江的反應有些保守也無所謂，她得慎重採取忽進又退的兩面策略。

澄江低下頭去，久久沉默不語，越發顯得她鼻子高挺。

「老實說……」澄江倏地抬起頭來，字字清晰地說：「恕我說句不客氣的話，我討厭像橋田先生那樣的男人。」

澄江的反應果真如元子猜想的那樣，但是她回答得過於直率，以致元子有點不知如何往下說。

「怎麼樣？是討厭他的長相，或是性格？」元子面帶微笑，溫柔地追問道。

「兩方面都有啦，媽媽桑。」澄江只是微笑地回答道。

她用笑容代替太過強烈的措詞，不愧是熟知如何應對難纏客人的女侍。

「橋田先生確實不是個美男子。以一般人的標準說來，他的長相也許算是個醜男，不過男人的相貌看久了自然就會習慣，不會那麼在意，有時反而愈看愈有男人味呢。英俊的男人看久也會發膩，一到老年便光采盡失，怪可憐的。」

「可是，再怎麼看我都覺得橋田先生那張臉令人厭惡，簡直像八頭芋，形狀粗大，全是疙瘩，又發黏沾手，真叫人噁心極了。」

澄江這樣形容，元子深有同感，但是眼下不能笑出來。

「正如媽媽桑說的那樣，有些醜男子看久了，不會令人產生反感，那是因為那個人性情和品格良好。我想這大概就是所謂的相由心生吧。進一步接觸的話，也許可能變成『情人眼裡出潘安』吧。」

「橋田先生的性格怎樣？」

「他這個人最低級了！他的確很能幹，但那是因為整個腦袋只想著賺錢。所謂沒有知性氣質，品格卑劣，就是指他這樣的人！」

想不到澄江對橋田的評價這麼糟，元子心想這下子恐怕沒得談了，但她決定堅持到最後說服看看。

「妳在『梅村』看到橋田先生的時候，會把這種情緒表現出來嗎？」

「怎麼可能。他是客人，我不可能將這種情緒顯現出來。」

「這麼說，是以笑臉對待囉？」

「那是當然，因為這也是工作之一。」

「令人敬佩啊！可是，對此不知情的橋田先生又怎麼看待妳呢？」

「……」

「大概印象不差吧？」

「我想也是。」

澄江的眼神有些難為情。

「他對妳應該很有好感吧?」

「我想大概不會。」

澄江說得小聲,語氣中卻充滿肯定。

「不,我看得出來。像妳這樣臉蛋姣好,姿色秀麗,溫柔婉約,才三十出頭,身材又那麼高眺,最符合橋田先生的喜好了。」

「不要亂說啦,媽媽桑。」

「本來就是。體格矮胖的男人最喜歡像妳這種類型的女人。橋田先生就是那樣,這我都看在眼裡。想必橋田先生召來包廂的藝妓,就是我形容的那種類型吧?」

「您這樣說,倒是真的。」澄江似乎想起了橋田喜歡找的藝妓。

「妳看,我沒說錯吧。澄江,橋田先生有沒有對妳表示過意思?」

「我沒有特別注意。」

「比如說,在包廂中兩人獨處的時候,偷偷向妳示愛?」

「沒有耶。」

「又比如,橋田先生沒說什麼話,只是默默地注視著妳?」

「應該沒有吧。」

澄江的表情顯得有些羞怯。

「我知道妳很客氣，不方便說得太明白，但是我的直覺很準。妳是橋田先生常去光顧的料亭的女侍，所以他沒有直接向妳表達愛意，但他可曾趁包廂四下無人時，握過妳的手？」

「那僅只是禮貌性的握手而已，其他『梅村』的常客偶爾也會握握我的手。」

「『卡露內』也有這種情形，不過那僅是輕輕握手。如果是單純打招呼，只會輕握一下，若是心懷不軌的人，就會握得用力。」

元子這樣說著的同時，想起了五天前的夜晚被安島毛手毛腳的事。

「橋田先生握手的時候很用力吧？」

元子堆著笑臉，語氣卻充滿追探的意味。

「我不大清楚耶。」澄江畏縮地回答道。

「尤其在四下無人的空檔，橋田先生是否曾邀妳到外面用餐？」

「他曾這樣開過玩笑。」

「妳看，我說的沒錯吧。這就是向妳示愛。」

「我認為那是玩笑話，所以一笑置之，根本沒放在心上。」

「其實橋田先生是故做開玩笑，想試探一下妳的心意。因為怕被妳斷然拒絕，有失男人的面子，所以慎重其事地拐彎抹角接近妳。這表示橋田先生很迷戀妳。」

「不可能啦，媽媽桑。」

「雖然我不在現場，但我可以看出橋田先生的神情和心意。」

澄江顯得有些不知所措。

坐在對面那桌的年輕男女親蜜地悄悄私語著。接著，有對挽著手臂的情侶走了進來。

元子叫住服務生，又點了兩杯紅茶。

「澄江，其實，我曾聽橋田先生提過妳。」

元子隨口說道，她無論如何都得試探澄江的心意。

「咦？他提過我？」澄江驚訝地抬起頭來。

「沒錯，原本橋田先生沒有說出妳的名字。因為我們店裡沒有他喜歡的小姐，有天，他坐在那兒顯得有些悶悶不樂，我便問他喜歡什麼類型的女性。他說，他喜歡常去的赤坂『梅村』裡的女侍那種類型的女人。他很喜歡那個女侍，還語帶急切地說，他喜歡那個在跟酒店不一樣的地方工作的女人，而且那裡的老闆娘也知情，很想直接向那女侍表達愛意。我猜他說的女性就是妳！因為除了妳之外，我想不出在『梅村』裡有這樣的女性。」

澄江沉默不語，卻也沒有否定，神情變得有些複雜。

看起來，澄江似乎很想說，無論橋田對她多有意思，討厭的男人看了就令人噁心，光是站在旁邊就覺得要起雞皮疙瘩！

元子心中想著，像澄江姿色這麼好的女人，除了之前向元子告白的那件想必已分手的男人關係之外，難道不會覺得空閨難耐嗎？

紅茶端上來了。元子喝了一口，仔細地凝視著澄江的臉龐。

「我說澄江啊，妳之所以想來我店裡上班，是不是覺得比在『梅村』工作賺得多？」

「是的。」澄江看了一下桌前的紅茶，點了點頭。

「說的也是，以妳的年紀來說，也該為自己的將來打算了。」

「我正是這樣認為，媽媽桑。能力允許的話，我想在新宿或涉谷的後街開間小吃店。開間小餐館是我長久以來的夢想。」

「有自己的夢想很好啊。所以妳為了籌措開店資金，才想來當酒店小姐是嗎？」

「是的。」

「不過，酒店小姐的收入沒妳想像得那麼高。治裝費可不便宜，而且最近房租漲得厲害呢。」

「我會盡量節省開銷，無論如何都要存夠開店的資金。」

「妳說過要在『卡露內』拚命幹是嗎？」

澄江低下頭去。

「妳不必介意啦。起初我聽到妳這樣說的時候，回話口氣的確有點不高興，但若是沒搞砸店裡的名聲，倒沒關係。總之，會敗壞我們店裡名聲的，是那種隨便跟男人上賓館開房間的女人。如果是固定對象，就是自由戀愛，這個我就不管了。」

「……」

「如果是固定對象的話，他非得是個可以助妳完成心願的有錢人才行，而不是那種長相好看口袋空空的年輕人。像橋田先生那樣有能力買下『梅村』的人，鈔票多得塞滿保險櫃。畢竟那些都是不義之財，對喜歡的女人砸再多也不會手軟。」

澄江直低著頭，聽元子講著，看得出她已面紅耳赤。

「我說澄江啊，機會可是難得，妳若不把握眼前的良機，到頭來只會大嘆可惜。用關西話說，就是『抓到鬼牌』了（註）。」

「……」

「眼下不管是開間小吃店或小餐館，都得花上一大筆錢。妳就想成是為了開店資金，暫時不要計較橋田先生的容貌嘛。迷上妳的姿色的是他呀！妳只要隨便應合著就行，又不是一輩子要跟這個討厭的男人在一起。日後妳若有心上人，離橋田先生而去就行嘛。不管想開那種店，總是要趁早。與其被不明究理的男人雇用，倒不如自己當老闆，即便規模不大，到時候被吸引來向妳求婚的男人又是不同的類型了。」

註——意指吃虧。

澄江始終沒有說話。

約莫傍晚六點左右，元子再次來到了Y飯店的十五樓。這次不是去「哥倫布」酒吧，而是坐在連接著「哥斯大黎加」餐廳走廊旁細長的休息室。她憑窗俯瞰而下，赤坂見附周遭的街景盡收眼底。

等了十分鐘，後面傳來「讓妳久等了」的招呼聲，是橋田常雄。

今晚橋田身上穿的全是最高級的服裝。但他的相貌和穿著，再怎麼看都散發著暴發戶的市儈氣味。

「來，我們去那邊坐坐吧。」

橋田顯得精神十足，聲音特別亢奮。他走進餐廳，菜單也沒細看，便對站在身旁繫著領結的服務生說：「我們沒什麼時間，來點能儘快煮好的東西。」

橋田隨便指著菜單，只說愈快出菜愈好，也不跟元子商量，酒類只點了法國哥尼可產的白蘭地。

橋田之所以顯得焦躁，是因為所剩時間不多。元子八點半以前必須趕到酒店，沒辦法悠閒地用餐。元子清楚地感受到橋田亢奮得呼吸急促的醜態。

「我終於等到這個晚上了。」

服務生離去後，橋田低聲向元子說。他眉開眼笑，目光露著邪狎之意。澄江形容他的臉孔「像八頭芋，形狀粗大，全是疙瘩，又發黏沾手」，而此際從他毛孔中冒出來的汗水就像發黏的分泌物般令人噁心。

橋田從口袋裡掏出鑰匙棒，悄悄地交給元子放在桌子下面的手。

「房號是九六八，妳趕快把它收進手提包裡。」

「好的，我知道了。」元子將細長型的鑰匙棒放進手提包裡。

橋田見狀，這才感到安心似地耐心叮嚀道：「吃完晚餐後，妳先到房間去。十分鐘後我會上樓去敲門。」

元子深深地點著頭。

用餐的時候橋田並未說話，他忙著動刀用叉，彷彿正想像著進入九六八號房的愉悅景象。元子暗中祈禱接下來的計畫能順利。

餐事很快就結束了。元子吃得險些哽住，完全品嚐不出菜餚的味道。橋田連餐後水果和咖啡也沒碰。

「妳只要趕在八點半以前回去就行了吧？」橋田再次確認道。

「嗯。不過，超過九點也沒關係啦。」

「這樣子啊。」橋田滿臉笑容。

「那麼，我就先……」元子放下餐巾。「先告辭了。」

元子當著客人和服務生們的面前，站起來向橋田欠身致意。

「我失陪了。」

橋田也同樣地以目回禮，但眼神有些詭異。這時候，離開桌子正要往門口走去的元子，像是突然想到什麼事似地又折回到橋田的面前。橋田露出納悶的表情，元子湊近他的耳畔悄聲說道：「你說十分鐘後會來敲門，可不可以請你二十五分鐘後再來？」

「咦？」

「女人家總是要做許多準備嘛。」

元子羞赧地說。橋田直說，我瞭解，我瞭解，頭點個不停。元子便撇下了狀似心滿意足的橋田走出餐廳。

電梯在九樓停下。剛才從十五樓一起搭乘的年輕男女很快地走出電梯，只留下元子一人。九六八房號的鑰匙藏在元子的手提包裡，照理說她得走出九樓，但她沒這樣做。電梯繼續往下，到了三樓，綠色的厚門打開，元子走了出去。

樓層的左側是飯店櫃檯，右邊是小酒吧和咖啡廳，中間有座連接一樓的手扶電梯。一個女子身穿和服背對著站在電梯前靠近緊急出口的窗邊。從她身上和服的款式和腰帶，元子一看就知道是誰。

「讓妳久等了。」

元子從背後走近島崎澄江身旁。澄江鄭重地向元子點頭，可那寒暄的語聲卻有些顫抖，眼神閃爍不定。

元子從手提包裡拿出刻有九六八房號的鑰匙棒悄悄地塞進澄江手裡。

「不要被別人看見，快收起來。」

「嗯。」

澄江下決心似地將鑰匙放進手提包裡。

「橋田先生正在樓上的餐廳裡，再過二十分鐘，就會到九六八號房。所以妳得先進去房間。」

低垂著眼的澄江微微點著頭。

今晚澄江特別濃妝艷抹，在窗外路燈的映照之下，比平常更加柔媚動人。看來澄江已經有所覺悟。今天，她藉口說鄉下親戚來東京造訪，臨時向「梅村」請了假。

「橋田先生大概以為我在九六八號房等他，他開門後看到妳一定會大吃一驚。」

兩人並肩面向著窗邊低聲交談著。只見澄江吞嚥口水時，白皙細頸上的喉頭上下移動，想必她此刻心臟正緊張得跳個不停。

「到時候，妳就像我們事先講好的那樣，跟橋田先生說，媽媽桑無論如何都得在『卡露內』看店，所以妳就代替媽媽桑來了。」

「沒問題嗎？」澄江擔憂地問道。

其實，元子還擔心一件事情，也就是該如何向橋田解釋她跟澄江的關係。對此元子思考良久，就是想不出良策。後來她覺得與其瞎編兜不攏，倒不如直接向橋田表明澄江最近將辭去「梅村」的工作到「卡露內」上班，這種說法比較妥當。然後再說明在私下交涉過程中，澄江和元子彼此很有好感，於是今晚就「代替」媽媽桑上場了。

元子心想，橋田進到房間，看到原本應該到場的元子卻變成澄江，絕對會驚訝萬分。然而，事後若將這個安排「據實以告」，橋田應該會接受才對。畢竟對他來說，與其偷偷摸摸地跟「梅村」的女侍搞外遇，倒不如跟決定在「卡露內」上班的小姐，亦即代替媽媽的澄江魚水一番要來得輕鬆快樂。

元子和澄江之前已經談定這樣進行。不過，澄江還有一個顧慮：橋田會不會接納她這個「替身」呢？這時，澄江之所以這樣問，正表示有所擔憂。

「沒問題啦，我敢保證。」元子口氣堅定地說道。

「是嗎？橋田先生該不會看到我之後，氣得叫我馬上滾回家去吧？」

「他絕對不會這樣的。」

元子微笑說道：「……之前我也說過，橋田先生很早就暗戀著妳，只是不好意思在『梅村』的老闆娘和員工的面前說出來而已。這次是妳主動投懷送抱，他雖然會感到驚訝，但一定會高興得手足舞蹈。我已經可以想像得到他樂得扭頭擺腰的模樣了。」

「是嗎？」

「那是當然。橋田愛好漁色，卻也不是來者不拒，還是要看對象的。比起我，不如說他比較喜歡妳。」

「不過，橋田先生今晚原來打算跟媽媽桑您……」

「澄江，妳對自己要有信心嘛。今晚，妳看來多麼漂亮啊！簡直美極了。」

事實上，澄江漂亮得幾乎讓元子感到嫉妒。

「橋田先生不會擺個臭架子叫妳回去啦，說不定還要跪在妳的面前，向妳鞠躬哈腰呢。」

「怎麼可能。」澄江低下頭了。

「對了，澄江，我跟妳說……」元子說得很小聲，但語意明確地說：「今天晚上，絕不能收橋田先生的錢喔。」

澄江羞赧得耳根都紅了，直搖頭說：「嗯，這個我……」

「妳也會覺得不好意思吧。而且妳若收他的錢，搞不好還會遭來誤會，被橋田先生瞧不起呢。」

「我知道。」

「反正，以後我會代妳向橋田先生要回來的。」

「謝謝！」

「不過，光是一次幽會還是不夠。」

「……」

「我覺得，可以的話最好跟橋田先生再幽會五、六次，這樣也比較容易大撈一筆。」

澄江低著頭，小聲說道：「我真的很需要一筆鉅款。」

「是吧。為了存點資金，這樣做也無妨。沒問題，交由我來處理吧。」

「嗯，拜託您了。可是，橋田先生會繼續跟我見面嗎？」

「下次他一定會再邀妳出來，而且是千求萬求呢。」

「但是，今晚我是代媽媽桑您上陣，下次，他會不會硬是指定您呢？」

「澄江，今晚的妳好漂亮，妳為什麼那麼沒自信呢？橋田先生會緊抓住妳不放的，對我則會愈來愈沒興趣。」

「怎麼會呢。」

「澄江，我倒要問妳沒有問題吧？」

「什麼事？」

「妳說過非常討厭橋田先生，待會兒看到橋田先生的臉孔，該不會逃出來吧？」

澄江沉默不語，這是否表示她內心有這股潛在的衝動？這也難怪，澄江將橋田的長相和性格貶斥得一無是處，況且她說的也是事實。

元子心想，在這緊要關頭澄江若臨陣脫逃，計畫就要告吹，因此極力地說服澄江。

「我比誰都瞭解妳的感受，但眼前就委屈一下，把它當做籌措開店資金，心情就好過些了。他只是想要妳的身體而已，妳配合演出就行，這跟愛情沒有任何關係。」

元子坐檯陪客時耳聞過客人之間的淫猥言談，說到以前的妓女跟討厭的嫖客性交的時候竟然數著天花板的節孔排遣無聊。但這麼露骨的話，元子不好意思向澄江說出口。不過，適才那番話似乎奏效了，她先是眉頭微皺，最後下決心似地點了點頭。看到澄江好不容易下定決心，元子不由得也興起些許同情。

「妳該得的報酬，我會幫妳向橋田先生要回來。雖然有點麻煩，就交給我處理吧。」

「嗯，拜託您了。」

「妳要不到的東西，我來跟橋田先生談判，他自然會把錢吐出來。這個人很有錢，卻很小氣，跟他交涉需要耍點技巧。這點妳做不來吧？」

「這種厚臉皮的話我說不出來。」

「我就說嘛。所以，換成是第三者、又代妳爭取利益的我，什麼條件都敢開的。只不過，橋田先生的所做所為，妳都要向我坦白喔。」

「……」

「我知道這種事不好意思說出口，但妳若毫不保留地坦承橋田先生的性事，我就有辦法跟他交涉。比如說，男人在床上心情快活的時候總是沒有顧忌，什麼話都會說，這不但為了取悅女人，等於也藉此自我滿足。像這種無設防的枕邊蜜語，都是有利於我們向他要錢或處理善後的有力憑據。所以，我才說妳有什麼事都要告訴我。」

「我知道了。」澄江深深地點著頭說。

元子心想，雙方的過招就此開始。

「妳若不趕快去，橋田先生就會先到，在房門前徘徊呢。」

元子要的二十五分鐘，眼看就快到了。

澄江急忙地走進電梯裡。元子看著電梯門闔上，把欠身點頭的澄江吞沒在門內，只覺得她離去的身影宛若被送上祭壇的羔羊。

元子坐電梯來到一樓，卻始終沒有離開電梯附近，因為她擔心澄江很可能奪門而出。而澄江若搭電梯下來，只能到連接飯店出入口的一樓而已。

一樓林立著商店街，角落有間專賣婦女飾品的店面，元子一邊瀏覽著玻璃櫥窗內的展示品，一邊監視著電梯那邊的動靜。

電梯每次抵達一樓時總會吐出許多人，男女皆有，沒有看到澄江的身影。元子等了十幾二十分鐘，心想，澄江若從九六八號房逃出來，差不多是這時候了。當她看到一個身穿和服的女人，不由得嚇了一跳。她抬頭看著電梯上面的電子儀板，指針在「9」樓停止後，隨著每次下樓的數字遞減，就有許多客人走出來。

約莫等了三十分鐘。澄江始終沒有從電梯裡出現。元子心想，都已經過了三十分鐘，既然澄江沒有出來，表示事情不成問題。換句話說，澄江已經被關在九六八號房裡。

元子猜想得到，包括他們之間的對話，橋田走進房間裡看見澄江必定是大為驚愕，但他絕不會放輕易澄江走的。也許現在橋田正摟著神情僵硬的澄江的肩膀做勢欲親熱。

這時元子才離開。隔著寬廣的馬路對面，有間咖啡廳，二樓的窗戶映著紅色燈光。

儘管如此，元子尚未完全放心。她走進咖啡廳後，選了二樓靠窗的座位坐下來。坐在那個位置可以清楚看見對街飯店的出入口以及連接二樓的天橋。所有進出的人都在她的視線之內。

經過四十分鐘了。

元子心想，現在澄江很可能正在寬衣解帶，脫下白色布襪，要不就是換上浴衣，走進浴室。這時候，身材肥胖赤裸著的橋田笑瞇瞇地走進來。澄江沒有抗拒。他們倆進入浴缸裡，熱水隨即嘩啦嘩啦地溢了出來。在浴缸裡的橋田不可能安份，而每次狂烈蠢動，熱水便溢了出來。透過浴室的毛玻璃門，兩條身影在燈光昏黃冒著熱氣的浴室裡激烈交纏著……

元子這樣幻想著，心臟居然莫名地狂跳起來，彷彿熱血直衝腦門，腰身也變得沉重起來。

元子感到一陣慌亂，自覺不可能會興起這種感覺。澄江只是用來充當「工具」而已，橋田愈是迷戀澄江的身體，只會對她索款愈加有利，她應該冷靜觀察這個「佈局」才對啊！為什麼她會產生那種莫名的思慾之情呢？她只不過是單純地幻想，不，應該說只是受到幻想的刺激而已……

元子再次想起了前天晚上坐在車內被安島上下其手的感覺，她氣得直想掐破自己的肌膚。可是，當安島親吻她的耳根時那種急速竄起的顫慄感，還有他的手伸進她的膝間撫摸時那種整個腦門為之空白的感覺，她最後竟忘情地仰頸陶醉在他溫熱的鼻息下——她從未有過這樣的經驗，那是從未體驗過的官能享受。

店裡的客人見到她，常說她現在風華正盛，若比喻成鮪魚的話，正像是最肥美的大腹肉。這也不完全是玩笑話，她的確有這樣的感受，因為生理上已經到了這個年齡了。

元子愈來愈覺得焦躁，頭痛欲裂，整個人莫名地慵懶起來，口乾舌燥。她喝了果汁和紅茶也沒因此獲得舒緩。

元子打開記事本，裡面有安島富夫事務所的電話號碼，還夾著一張寫著其寓所電話號碼的紙條。

現在是晚間七點鐘。也許現在安島還待在事務所。他曾是江口大輔參議員的秘書，在江口死後沒多久即成立——「安島政治經濟研究所」，位於芝附近的大樓裡。

元子心想，安島若不在事務所，就打電話到其寓所去。她隻手拿著記事本，朝咖啡廳內的公用電話走去。因為她實在無法抑制這股衝動。

14

元子打電話到安島富夫的事務所。話筒那端斷續地傳來有節奏的鈴聲，響了很久，腦袋裡僅浮現出大樓辦公室裡空盪盪的白牆和桌椅。

她看著安島留給她的紙條，打電話到他的住處。這次鈴聲也響了很久。這讓她聯想起前天晚上在其住處下落合看到的那棟高級公寓。電話沒人接聽。既沒有安島的答錄聲，也沒有女人來應答。就在失望的同時，卻有股莫名的安心感。安島說的沒錯，他確實是獨居。

電話鈴聲響了十幾聲，元子擱下話筒，一枚十圓硬幣掉了出來。

元子看著對面的飯店，大部分窗口內的燈光都已熄滅。她不知道九六八號房是漆黑中的哪個位置。九樓有三分之二的窗戶均已熄燈，她約略鎖定其中一處凝視著，想像著兩條人影在黑暗的房間裡交媾的情景。這是她的計畫，她自己卻被這幻想折騰得心神不定。

元子擔心被別人發現，引來不必要的側目，便按住自己的胸口，試圖要鎮定情緒。晚間八點多了。她心想該打個電話到店裡瞭解情況，也可轉換心情。這次電話很快就接通了。

「美津子？」

「哎呀，是媽媽桑呀。」

「我正要去店裡呢。」

「好的，您要趕快來，有個客人在等媽媽桑呢。」

「哪一位？」

「是安島先生。」

元子驚訝得險些叫了出來。這到底是怎麼回事？不在事務所和住處的安島，現在居然店裡。

「媽媽桑，您稍等一下。」

從話筒聽得出彼端的美津子正跟某個男人簡短交談著，那男人的聲音有點熟悉，讓她心情七上八下。

「媽媽桑嗎？」安島開口說道。

「哎呀，是您啊，晚安！」元子旋即用招呼客人的甜美嬌聲，隱藏內心的情緒。

「一個小時之前，我就在店裡等媽媽桑妳了。」

「您等了一個小時了？您來得真早！對不起，我馬上坐計程車趕去，大概二十分鐘就會趕到店裡。」

「妳現在在什麼地方？」

「赤坂。」

「赤坂啊……，我有事情要找妳商量。」

「您請說。」

「今晚妳能不能請假？」

「……」

「事情是這樣的，之前我跟妳提過的江口虎雄老師，也就是在橋田的補習班當校長的那位老先生，昨天我到過他家裡，已經跟他談妥妳拜託的那件事了。」

所謂那件事情，指的就是橋田居中代學生家長向醫科大關說入學的名單資料。看來被拱上當「醫科大先修班」校長的前參議員江口大輔的叔父江口虎雄私下做成的秘密資料就要給她過目了。

元子頓時興奮起來。這件事若沒有安島富夫居中斡旋，根本不可能成功。

「謝謝您大力幫忙。」元子由衷致謝道，心中暗忖看來計畫可以順利進行。

「不過，明天起我有事情待辦，得去九州一個星期。」

「要待一個星期啊？」

「已故江口議員的選區在熊本縣，我非得去一趟不可。」

安島當過江口議員的秘書，在江口議員死後繼承其選區得妥善鞏固自己的基本盤才行。

「所以，若等我一個星期後回來才談這些事情就太遲了。前校長江口老先生已經七十三歲了，算是高齡老人，什麼時候翹掉誰也不知道。萬一哪天真的走了，那些秘密資料便永遠也看不到了。」

「……」

「縱使他還沒翹掉，但他心思善變，也許再慢個一星期或十天，他便來個全盤推翻不認帳呢。」

「可不能讓他反悔。」

「所以，現在我們就到老先生家裡去吧。我就是為這件事來店裡等妳的。」

「我跟您一起去。」元子心情忐忑地說道。

因為這樣既可以見到安島，又能看到那些秘密資料，對元子簡直是雙重的喜悅。

「是嗎，那麼三十分鐘後我們在涉谷碰面。」

「涉谷嗎？」

「之前我也跟妳提過，江口老先生住在世田谷區的代田，與其坐計程車去，坐井之頭線電車反而快得多。而且下了新代田車站，徒步七、八分鐘就到了。新代田站離媽媽桑住的駒場只有三站的距離。」

「是的。那我們約在涉谷的什麼地方碰頭呢？」

「約在井之頭線的剪票口，那裡比較明顯。」

「就這麼約定，三十分鐘後見。」

「我現在就坐計程車趕去。」

「我知道了。不好意思，麻煩您叫里子聽一下電話。」

元子交代資深的里子，說自己今晚不在店裡，要請她多擔待了。里子答說，媽媽桑，你們慢慢來吧，語氣中充滿著調侃的意味。

元子放下話筒後，又朝Y飯店掃了一眼。九樓那層的燈光全熄了。她感到渾身昏熱。

元子沿著水泥階梯走出新代田車站。在電車中他們倆分開坐，下了車並肩走著。剛才同站下車的十幾個下班回家的乘客，來到路上便各自散去。

環狀七號線的馬路很寬，車流擁擠。他們為避開強烈的車燈，疾步走在人行道上。元子提著在涉谷買的伴手禮，他們走過跨越鐵軌上頭的天橋，往右拐去。這條小徑沒有車燈的照射，顯得幽暗而寧靜。元子依偎在安島的身旁走著。

小徑兩旁盡是有著長長圍牆的住家，路燈稀少，放眼望去到處都是樹叢。有幾處公寓的窗戶透映出微弱的燈光，這附近原本多是獨棟宅邸，但最近增加了許多公寓。行人很少，才晚間九點，卻像深夜時分般靜謐。

櫸樹開展的枝葉遮住了路燈，僅有上層被路燈照射到的葉片閃著亮光，樹蔭底下的小徑一團黑暗。走到這裡，安島驀然停了下來。

正如元子預期的，她為此感到驚訝的同時，安島已經把她摟在懷裡了。拿著伴手禮的元子身體半斜，一開始她之所以拒絕安島的親吻，是為確認小徑前後是否有行人通過，隨後便閉上眼睛等待他的嘴唇貼合而來。頓時，元子的呼吸急促起來。

身材高大的安島俯下整個臉親吻元子的嘴唇，微微散發著酒臭味。隻手拿著伴手禮的元子被安島抱在懷裡動彈不得，不由得張開嘴巴，安島的舌頭便伸探進來。他不斷地勾弄舌頭，逗得元子也跟著舌舞，熱吻到幾乎無法呼吸，不知不覺發出低淺的哼吟，上半身跟著扭動起來，體內慾火旺燒。

忽然間，對面閃現車燈，安島這時才鬆開元子。一個騎著自行車的少年從旁邊疾馳而過。

元子掏出手帕溫柔地擦著安島的嘴唇，安島的手搭在元子的肩膀上。

「我愛妳！」安島凝視著元子說道。

「真的？」

元子直視著安島，在燈光的照映下，他臉上深深的酒渦隱約可見。

「我簡直不敢置信。」元子說得很小聲，但聽得出氣息紊亂，語聲微顫。

「為什麼？」

「因為事情來得太突然了。」

「一點也不突然。很久以前我就對妳很有好感，難道妳都沒發覺嗎？」

「你沒有表示，我當然不知道。」

「因為我一直以為妳是橋田的女人。」

「哎呀，你不要提那個討厭的人啦！」元子語氣嫌惡地說道。

「直到最近我才知道我誤會了，所以前天晚上我送妳回家的時候，打算在車裡向妳表白。」

「我還以為你把我當成一般的酒店小姐，故意開玩笑呢。」

「妳這樣認為嗎？這絕不是開玩笑，我是出自真心的。那時候因為怕司機聽到，所以沒能把我的愛意表達出來。」

「是這樣嗎？」

「我從來沒有把妳當酒店小姐看待。不僅沒有這種偏見，還對妳獨立自主的生活態度感到佩服，尤其妳的進取精神和活力更讓我欽佩。因此我對妳一直抱持著好感，而這種好感轉變成愛意不也是極其自然嗎？」

「其他漂亮又年輕的女人多的是，你對我這樣的女人抱持好感？」

「坦白說，我曾跟那種女人玩過，但是總覺得無趣乏味。那些女人膚淺缺乏內涵，只想依賴男人，完全沒有獨立自主的精神，也沒有自己的思想。而妳跟那些女人在氣質上截然不同。正因為妳有內涵，所以顯得很有自信。我認為這才是真正的女性之美！」

「你沒騙我？」

「妳還不相信我嗎？正因為我深愛著妳，今晚才帶妳來這裡，為的是實現妳的心願。即便我現在忙得不可開交，不也是為妳的事情奔忙嗎？」安島再度挨近元子的身旁。

坡道往前伸展而去。右側住家後方的下面好像是井之頭線的鐵路，不時發出電車駛過的轟鳴聲。

經過兩、三個十字路口，路愈來愈小，終於來到「禁止車輛通行」的告示牌前。

「就是這戶住家。」安島指著角落的宅邸說道。

門後矗立著一棟兩層樓建築物，即使在晚間依然可以看出那是棟老舊的宅邸。玄關前的通道很短，中間的樹叢顯得黑暗蒼鬱。

「這個你先幫我拿著。」

元子將伴手禮遞給安島，來到路燈下面，背對著門，拿出小化妝盒略為補妝。剛才被安島摟抱的亢奮情緒尚未褪去，明明是早春時分，卻感到悶熱難當。

「讓你久等了！」

元子喜不自勝地轉身看向安島，接過禮品。這時候，他們十指緊扣。元子跟在安島的後面，門柱上掛著寫著「江口」的老舊門牌。他們登上低矮的石階，旁邊是茂密的樹叢，玄關的小燈照映著簇滿小白花的滿天星。

安島朝格子拉門旁的電鈴按了一下。門後敞著亮光，屋內的人之所以沒有探問來者是誰，是因為知道造訪者依約前來。格子門拉開了，一個三十二、三歲的女子走了出來。

「晚安！敝姓安島，我們來遲了，實在抱歉！」

安島走到門內，恭敬地點頭致意，面前像是主婦的女子也欠身回禮。正門的牆上掛著一幅寫著潦草難懂漢字的匾額。

「這位就是我向老師提起的原口元子小姐。」安島對著女子說著，再回頭對元子介紹道：「這位是江口老師的媳婦。」

「敝姓原口，這麼晚叨擾貴府，實在不好意思。」

元子趨前一步，深深地欠身致意。江口校長的媳婦報以微笑。她長著圓臉細眼，唇邊有顆小黑痣。

「安島先生……」江口家的媳婦客氣地開口。

「是的。」

「對不起，我公公已經就寢了。」

「咦?老師已經就寢了?」

「他一直等您等到八點鐘……」

「哎，是我們來遲了，不好意思。」

「我公公終究是上了年紀的老人，一想睡覺，就像孩子般沒有耐性呢。」

「您說的是啊。不過，都是我們來得太晚，在此向您致歉。」元子和安島一齊欠身點頭。

「不，您們不必客氣，我公公也猜想您倆可能有事耽擱，便說要先行上床休息，但交代安島先生您來訪時把這件東西交給您。請您等我一下。」

那名女子疾步朝屋內走去。元子和安島面面相覷，猜測江口老先生到底要拿什麼東西給他們。

不到三分鐘，臉型圓潤的媳婦從屋內走了回來，手上拿著一個布包。

「就是這個。」女子跪坐在地板上，把那個布包遞到他們倆面前。
「我公公說，把這東西交給您，您就知道了。裡面還有一封我公公的信函，請您過目。」
那封信夾在布包的打結處，信封上用毛筆寫著「安島富夫君」幾個字。
「恕我開封了。」
安島恭敬地接過信封，當場拆開來看，裡面有兩張墨跡鮮明的信箋。
「謝謝您！」安島把那封信收了下來。
「原口小姐。」他回頭看著元子。
「什麼事？」
「江口老師願意將重要的資料借給我們。」
「真的嗎！」
元子原本以為「醫科大先修班」的前校長只願意把資料讓她看，想不到還同意把這秘密資料借給她。
「太感謝了，謝謝！」元子和安島由衷地向江口老先生的媳婦致謝。「請代我們向老師問安。」
兩人離開了江口宅邸。皮膚白皙的江口家的媳婦站在玄關前目送他們離去，直到他們倆走到外面的路上才拉上格子門，或許是因為附近環境太過靜謐，關門聲顯得格外響亮。

「接下來，該走哪條路呢？」安島站在那裡喃喃自語著。

「我們不是要回車站嗎？」

「是啊，但走來時路回去總覺得無趣，我們走那條路吧。」

安島所說的「那條路」就是指禁止車輛通行的窄道。他們沿著緩坡走下去，窄道兩側盡是住家，不時傳出電視的聲響。

他們穿過像窄巷的地方，來到上坡路的住家長牆前面。沿著長長圍牆的土堤道旁有幾盞路燈，這附近磚造華廈和木造公寓很多，樹木大都被砍掉，幾乎沒什麼樹叢。

他們並肩走著，附近的住戶偶爾走出門外，鄰居間也沒多做交談。前面是井之頭線電車的平交道，橫桿隨著噹噹的警示聲和閃滅的紅燈降了下來。

站在平交道的橫桿前，元子向安島致謝。

「這次很感謝你大力幫忙。」

安島的手上拿著江口家媳婦遞交的布包，隨著邁步走動而發出沙沙的聲響，布包裡好像是裝著秘密資料的大信封。

「這次進行得很順利嘛。」

「真的是耶，想不到老先生居然願意把這東西借給我。」

楚。

安島好像說了什麼，但被燈光明亮的長列電車經過時的轟鳴聲打斷，元子沒能聽得清楚。

元子看著橫桿慢慢升起，對著安島問道：「你剛才說了什麼？」

「我說這些資料若被妳看到，橋田就慘了。」安島露出酒渦說道。

「可是，橋田先生不知道有這些資料吧？」

「所以，他若知道肯定會驚訝萬分，而更加不知所措。之前我跟妳提過，因為橋田做夢也想不到江口老先生竟然私下蒐集了這些秘密資料。」

他們越過平交道，元子朝右邊的車站方向看去。從這裡到車站只有六百公尺左右，前方矗立著一棟大樓，有些窗戶點著燈有的關著燈。元子看到熄了燈的窗戶，聯想起赤坂Y飯店九樓的某個房間，不由得挨近安島身旁。

「安島先生果真是不簡單哪。」

「什麼？」

「我說江口老師對你非常信任，二話不說就把這麼重要的資料借給你。」

「不，其實老先生是在等妳。因為他是個好色的老人，只是體力不支先睡著了。他若見到妳，保證會樂得眉開眼笑。假使妳嗲聲嗲氣，再做個嬌態，包準他笑得更放蕩，我倒想看看他那副模樣呢。」

「你真討厭！」

「他自己也不想變老，但畢竟人老了，等不到妳來，就睡得不省人事了。哈，哈哈哈。」

安島緊握住元子的手。

「江口老師的夫人不在嗎？」

「十年前就過世了。」

「剛才那位小姐你說是他的媳婦，皮膚白皙，臉型圓潤，不也是個美女嗎？」

「嗯。」

安島含糊地回答著，旋即朝周遭掃了一眼，說道：「可是不合我的品味。」

元子猜測安島正在找尋陰暗的地方。事實上，她也有這種想法，很想再次享受適才來時路上被安島親吻的滋味。可是這路上樹叢不多，也沒有探出圍牆外的綠蔭，只有路燈無情的照射，稀落的人影偶爾從旁經過。

「江口老師的兒子從事什麼行業？」

有人走了過來，他們只能談點稀鬆平常的事情。倘若他們是年輕男女，倒可以大膽地搭著肩膀，貼著臉頰，卿卿我我地走著，但中年男女就不敢這麼親熱了。

「我聽說他兒子是個上班族，至於在哪家公司就不清楚了。」

安島心不在焉地回答，看來他正在找尋可以接吻的適當地點。元子也有此默契，突然感到春情蠢動。

忽然間，安島停了下來。路旁有兩棵茂盛垂蔭的大柳樹，那垂探的濃蔭恰巧遮住路燈的光芒，樹蔭下一片黑暗。

安島把元子拉到樹蔭的黑暗處。原本打算投入安島懷抱的元子卻大聲叫道：「不行啦！」

「為什麼？」

「我們正在人家的門口前耶！」

那兩棵柳樹剛好分種在那戶人家的門口兩側，高大而濃密的枝葉垂探到路面上。那戶人家的門關著，主房在門後深處，況且關上木板套窗就更暗了。

「現在夜深人靜，沒關係啦。」安島環視周遭說道。

他把布包夾在腋下，一隻手摟著元子的腰，用力地拉進自己的懷抱。兩個身體緊密貼合，他便一陣熱吻。

安島不讓元子有抗拒的機會，另一隻手按住她的頸後，好讓她安份地受吻。他的舌頭伸進元子的嘴裡肆意地勾弄，直吸吮得她舌頭幾乎麻痺。

元子被安島摟在懷裡強烈地感到體內有股難以名狀的歡情，它每次像潮水般湧來時，身體便會引起一陣顫動，而發出間歇低淺的嬌吟。有時腳跟還像痙攣般無法站得穩妥，只好緊緊摟住他的肩膀，連地面都發出沙沙的磨擦聲。

安島看著眼睛微開的元子，深知她正處於什麼樣的情境。他摟著享受歡情的元子，繼續熱吻。而元子也陶醉在男人強有力的擁抱之中。

這時候，門後住家的玄關突然亮起燈來。元子嚇了一跳，連忙把安島推開。那家的人好像要出來查看門前的動靜，元子趕緊疾步逃開。

元子往前跑了約一百公尺，安島隨後追了上去。他們又並肩走著，這次元子緊緊依偎在安島的身旁。體內的慾火沒那麼容易就冷卻下來，因而步伐也顯得乏力。他們沿著小徑朝乘客稀少的車站走去。

「妳把我嚇壞了。」安島用略感吃驚的語氣說道。

「我現在還心跳得厲害呢。」元子按住胸前。

「想不到在那緊要關頭，那戶人家居然冷不防地開燈。」

「在人家的門前這樣親熱，是你太大膽了啦。」

「我以為夜深人靜沒人注意，想不到那戶人家還沒入睡。他們大概覺得門前有人，又聽到沙沙的腳步聲，感到奇怪才打開電燈的，這都要怪妳不安份……」

「可是……，你的熱吻太激烈了。」

「是嗎。」

元子把臉埋在安島的肩膀上。她一想到安島知道她慾火中燒，臉頰竟羞赧得紅了。

坡路愈來愈高，他們快接近新代田車站了。來往的車燈掃過住家之間的大馬路。

元子看到安島緊握著那個小布包，甚感安心。安島抬手看了一下錶。

「現在才十點鐘，若這樣回家，未免太早了。」

「是啊……」

「妳關店後通常幾點才回家？」

「深夜一點或一點半左右。」元子這時的口氣顯得溫順可愛。

「這麼說，我們還有三個多小時。去哪裡走走吧，要不要跟我去？」

「……」

元子默默地點著頭。其實，她內心深處也這樣期待。

來到環狀七號線，安島攔了輛計程車。

「請你開到大久保。」

計程車駛動之後，元子在安島耳畔低聲問道：「你要去常去的地方嗎？」

「傻瓜，我可不是那種花花公子呢。」安島露出酒渦苦笑道。

元子緊握著安島的手，發覺自己的手竟然流汗了。

已經決定好去處，安島不像前天晚上在車內那樣上下其手，顯得一派安然。

……這是搞外遇！安島家中肯定尚有妻小，他們母子不是住在下落合的高級公寓，而是另住他處。剛才，他向我表白，他愛我，只不過是客套話而已。不過，元子心想，這樣也無所謂，雙方都有這個意思，就當是一夜情吧，算是對安島的回報，報答他替她借到這份重要的秘密資料。不過，她對這個當做回報的獻身，未免太喜不自勝了。

在大久保以商業型態的旅館居多，也就是女櫃員將房間鑰匙交給客人後，房客直接搭電梯上樓。

元子看到那細長型的鑰匙，聯想起Y飯店的九樓。她之所以跟安島來到這種地方，是因為她把九六八號房的鑰匙交給了島崎澄江。當時她眺望著已熄燈的九樓窗戶，竟然勾起了莫名的情慾，而無法抑制體內竄動的慾火。元子心想，只這麼一次，應該無所謂吧？

他們打開房門走進去，裡面是西式旅館的格局，有起居間與臥室。沒有女侍送茶水，也不需男服務生，而是沒有他人存在的兩人世界。這使元子想起了跟楢林謙治到湯島的賓館的事來。那次，是她精心安排的計畫；現在，只是單純的歡愉。

元子幫安島斟了一杯熱茶。吸著香菸的安島催促著：「看來我們好像也不能磨蹭太久。」

元子打開隔壁的房門，床頭燈的光芒把鋪在大床上的紅棉被映照得更加通紅。嵌在牆壁的粗糙衣櫥下面，有個可放衣物的無蓋箱子，箱內放了兩件筆挺的浴衣。

元子在狹小的浴室裡沖澡，心想待會兒安島可能會隨後進入，但他卻沒有進來。這讓元子仍想像著橋田和澄江在Y飯店巫山雲雨的情景。

元子走出浴室，換穿上花紋圖樣的浴衣，回到適才那間臥室，卻未看到安島的身影。桌上放著從江口虎雄的媳婦手中接過來的小布包。

元子打開那個布包，裡面放著沉甸甸的大型茶色信封。信封已有些發皺，用毛筆寫著「極秘資料」。看得出江口老先生老練的筆跡。信封內有兩冊大學生用的筆記本，封面上標著⑴、⑵……，依年月日寫成。她嘩啦嘩啦地翻閱著，兩冊都寫滿了密密麻麻的鋼筆字。

「十月十一日。學生土井弘夫，為土井信勝（五十八歲）的次男，其父在熊本市籔內町八六二號開設婦產科醫院，已有二十三年歷史。之前與橋田理事長有過數次接觸。當天晚間七時許，在都內銀座的『帝京飯店』與橋田共餐，橋田當場收受金錢。對方並購買了二百萬圓『醫科大先修班』的債券。依照行情慣例，橋田收取了三十倍債券的金錢做為關說入學的費用，根據推測，橋田已收受六千萬多圓。學生希望進入N大學醫學部就讀。」

「十二月二十一日。學生古河吉太郎，為古河為吉（五十六歲）的長子，其父在大阪市北區連雀町二六二號開設整形外科醫院，已有十七年歷史。以前與橋田有過十幾次接觸。當天晚間七時許，在都內赤坂的高級餐館『梅村』共餐，橋田當場收受金錢，對方並購買三百萬圓『醫科大先修班』的債券。根據推測，橋田收受的金額超過九千萬圓。學生希望進入S大學醫學部就讀。」

「一月三十日。學生植田吉正，為植田吉太郎（四十九歲）的長子，其父在福岡市久住町二八四號經營婦產科醫院，已有十八年歷史……」

隔壁的房門打開了，穿著粗豎條紋浴衣的安島從起居間走了出來。

「哎呀，不好意思！」元子為自己偷看筆記本致歉。

「江口老先生寫得很詳細嘛。」

安島站在元子身後略為欠身，探看那兩本筆記本。

「說得是。」元子非常滿意能得到這些資料。

「老先生似乎對橋田的做法非常不認同哪。」

看來這兩本註記詳實的筆記本充分顯示出這位被橋田掃地出門的「醫科大先修班」前校長的餘恨。

「妳想看裡面的內容倒無沒關係，但可別拿去亂搞，要不然麻煩就大了。」安島再次叮囑道。

元子大吃一驚，趕緊堆起笑臉，仰看著安島說道：「我怎會拿去亂用呢，只不過是好奇看看而已。」

安島猛然伸手把筆記本闔上。

「這種東西待會兒再看吧。」

他從後面抱住元子，像貓般地舐著元子的耳根。元子受不了挑逗轉過身來，安島的嘴唇馬上迎了上去。

元子氣息紊亂地環抱住安島的頸部，在安島的調情下，緊緊摟抱在一起，步履微顛地走向床鋪。床頭的燈光轉弱了。

熱情如火的元子任憑安島將她抱在床上翻動，當她急著想攏合凌亂的浴衣下襬之際，安島不由分說地撥開她的手，將臉湊近她的胯間。頓時，她感到羞澀難當，趕忙用浴衣的衣袖遮住自己的臉。但這使得安島更按捺不住熊熊的慾火。

15

下午兩點左右，元子把島崎澄江叫到駒場的公寓來。從位於高地的公寓往下看去，近處可看到住家後方奔馳而過的電車，遠處可望見車站後方的東大教養學部內的樹林。明媚的陽光把樹葉照得青翠欲滴，散發的新綠清香隨風飄撲鼻而來。

今天，澄江穿著色彩鮮艷的運動上衣和寬鬆便褲，跟以往穿著和服的形象簡直判若兩人。

元子看得出來，澄江在打扮上出現如此的變化是從那天晚上，也就是跟橋田上床後開始的。

元子親切地招待澄江，比對一般客人更為款待。水果籃裡擺著她買來的各式各樣季節水果，盤子上裝著從銀座買來的蛋糕，還幫澄江沏了杯紅茶，顯得格外慇勤。她之所以如此熱切招待，是為了報答澄江代她「策略性」地與橋田發生肉體關係。

穿著寬鬆便褲的澄江跪坐在狹小和室的榻榻米上，雙手平放在膝上，始終低垂著頭。元子原本以為，想必澄江會頭髮蓬亂地出現，但她豐潤的秀髮卻梳整得十分整齊。話說回來，不在他人面前露出醜態，正是澄江擅長的功夫。

對視而坐之後，元子猶豫著要不要打破話題。可是，不能問得太露骨。元子也知道這時最好是拐彎抹角地問起，然後再切入主題。不過，她覺得這樣太麻煩，因而直率地向澄江道歉。

「硬推著妳去做討厭的事情，我真的感到非常不好意思。」

澄江身體僵硬，低垂著頭，緊握住雙手平放在膝上，正顯示出羞赧之情。元子若無其事地打量著澄江身體的每個部位。她的雙膝緊繃著，可看出她結實的大腿。運動上衣包裹著堅挺的胸部，看來那富有彈性的豐乳被胸罩緊緊托包著。她的腰臀顯得豐腴美麗，耳前有幾絡垂散的髮絲，低垂著的白皙頸項微現出淡藍色的靜脈。這就是男人為之縱情的最佳對象！

「橋田先生進入九六八號房，看到妳在房內，是不是大吃一驚？」元子試探性地問道。

「嗯……，他直楞在一旁，驚訝萬分地看著我，直呼不敢相信『梅村』的女侍竟然代替媽媽桑您來。」

元子心想，對橋田來說，這角色的替換如同大演魔術戲法，因為他常去光顧的「梅村」的女侍居然主動在房間等他，難怪他驚訝得啞口無言。

「橋田先生有沒有問妳這是怎麼回事？」

元子想，橋田應該完全不知道澄江和「卡露內」之間的關係。

「我把事情的經過全部告訴了橋田先生。說『梅村』不久後即將歇業，所以跑到『卡露內』，請求媽媽桑收留我。」

看來聽完澄江敘述詳情後，橋田瞭解了事情的經過。

「那橋田先生有沒有問妳為何代替我到房間？」

「橋田先生說，他知道酒店媽媽桑會找酒店小姐當替身去飯店這個慣例，但想不到竟然會看到我。」

「橋田先生沒說被妳所騙叫妳回家嗎?」

「是的,說也奇怪,橋田先生居然說我來得正好,反而還稱讚我呢。然後,就猛然地抱住了我。」

元子心想,果然不出所料。他們的情事正如我在外面監看Y飯店時所想像那般。橋田果真是個花心鬼!頓時,元子腦海中浮現出澄江在床上抗拒橋田的求愛,但為了日後能獲得金援,最後任憑橋田玩弄的情景來。男人對做愛時反應呆板的女人是否缺乏興趣?或者會因此引發更狂亂的亢奮?看到女人扭身閃躲是否更能激發征服的野性?

元子想起橋田那臃腫、令人噁心的臉來。一想到被那種人強逼上床,渾身就起雞皮疙瘩,澄江居然有辦法忍受這樣的屈辱。

「雖說這是偷情,但橋田先生見到妳之後,沒說就此一次吧?」元子語氣親切地問道。

澄江沉默地微微點著頭。

「噢,這麼說,他以後還會跟妳見面囉?」

「是的……」

「要持續幾次?」

「他說,可以的話,每個月至少三次或四次。」

元子對橋田感到忿怒起來,連看澄江的眼神都變得嚴厲。那男人簡直是個色鬼!元子握緊拳頭在心中痛罵著。他既然那麼希望與我上床，卻還想跟替身的女人繼續維持肉體關係。她若不知道這件事還無所謂，但是他明明知道她知情，卻還毫不在乎地要求和澄江繼續偷情。她氣得真想對卑鄙無比的橋田吐口水！

「聽說男人在床上為了取悅女人都會講些甜言蜜語，橋田先生有沒有對妳講些好聽的話呢？」

「他說，他很喜歡我。」

「妳不覺得這種話只是偷情的男人對女人講的體面話嗎？」

「我也是這樣覺得。所以，沒有把這話當真。」

「橋田先生是在那時候，向妳提出每個月至少幽會三次或四次的嗎？」

「是的……。回去的時候，他又這麼說。」

橋田在辦完事臨去之際，還要求和澄江繼續偷情。好女色的橋田似乎對僅與澄江交歡一次，仍覺得意猶未盡有所迷戀。

這時，元子不由得想起跟安島富夫熱烈擁抱的情景。

元子回顧過往，她已經好久沒有做愛了。十年前，她曾跟男人有過短暫的肉體關係，每次發生性事時，都沒有體驗過性的歡愉。可以說在沒有體會出性愛的快樂之前，兩人即告分手。那男人原本只是抱著尋歡的心態，交往沒多久即告分手，是因為她無法滿足男人的慾求。因為男人每次都覺得不盡興，後來便露出乏味的表情了。

而元子從安島的臉上也看到同樣的表情。昨晚元子與安島在旅館交合，感覺上跟十年前與那男人之間沒什麼差別。安島急躁地撫摸她的身體，她卻偏偏引不起高潮，也沒有扭身哼吟，可說配合得很不諧和。

那時候，安島冷眼說道：「妳的反應好死板喔。」

元子脫口而出說：「以後，你多教教我嘛！」

只見安島露出深深的酒渦，默默地笑著。

元子認為，安島知道元子的性經驗很淺，所以才會興致大減地講出那種侮蔑性的言詞來。而元子之所以請他以後多予教導，是希望今後在交歡時，在他的提點之下，能更放得開，從中習得性愛技巧。

在回程的計程車上，元子不避諱司機的目光，依偎在安島的肩膀上。安島在她的耳畔說：「想不到妳在這方面沒什麼經驗！」

「你若從我的年齡來推算就錯了。」

來店裡喝酒的客人都會打量著元子的身體說，媽媽桑妳現在正是狼虎之年啊！安島雖然沒有說出口，但看來也是這樣思忖的其中一人。

「跟我做愛很無趣嗎？」看到安島索然無趣的表情，元子不由得問道。

安島望著窗外的景色。深夜的街燈偶爾斜照在他的側臉上，交會而過的車燈不斷把他的側臉照亮。

「你從熊本回來之後，要跟我聯絡喔！」元子主動要求道。「你會跟我聯絡嗎？如果不會給你帶來麻煩，讓我打電話給你好嗎？」

「我會打電話給妳啦。」

「真的？」

「嗯。一個星期後，我就會回到東京，但是回來之後，得把未做完的雜事處理完畢才行。所以，十天後我再跟妳聯絡。」

「謝謝！」

計程車在陰暗的街角停車，元子下車後站著目送安島搭乘的那輛計程車的紅色尾燈沒入車海之中。

話說回來，島崎澄江的情形不同，她需錢孔急，極需一筆資金，做為將來開店之用。因此元子今後還得利用澄江從橋田那裡大撈特撈。

橋田要求澄江跟他繼續幽會。跟安島一樣……，不，比安島還深知女人滋味的橋田之所以這樣說，正表示澄江的肉體充滿無限魅力。

赤坂「梅村」的女侍澄江或許在此之前已跟男客私下搞過？要不就是曾因為誘惑，或是為盡情義而對充滿好感的男客主動獻身?正因為她性愛技巧純熟,才使得橋田神魂顛倒。

當時被安島譏諷為「妳的反應好死板喔」的元子,突然妒火中燒,毫不客氣地朝澄江的全身上下打量著。她看到澄江跪合著的雙膝,想像著澄江被橋田剝光衣服的情景,而這個聯想跟她那晚與安島的交合經驗重疊在一起。

植物散發出的芳香隨著微風從敞開的窗戶飄了進來。

「妳有什麼想法?以後要繼續跟橋田先生幽會嗎?」元子凝視著澄江問。

「是的,我是這樣打算。」

澄江回答得直率,元子反而感到有些畏縮。

「媽媽桑,因為我需要錢。」

道出心中所願的澄江的臉上已無羞慚之色,反而表現得更為堅決。而澄江這樣的想法正是元子所希望的。

「妳跟橋田先生談妥價錢了嗎?」

「談妥什麼價錢?」

「既然你們以後還要繼續幽會,任憑橋田先生出招豈不是不好辦事?」

「……」

「橋田先生是個反覆無常的人,可能有時給多有時給少,有時甚至一毛不拔。」

「我沒有跟他談定價錢，有關金錢的問題，我不便說出口。如同之前媽媽桑您說過的那樣，一切交由您處理。」

「那麼我再問妳，妳跟橋田先生只是單純搞外遇吧？」

「那是當然，我根本不打算跟那種人長期交往。」

「妳只是想多存點錢是吧？既然如此，那就得盡其可能多撈一些才行。」

「……」

「我曾說過，我是妳的代理人，絕對會替妳向橋田先生索款。」

「謝謝！」

「因為我有責任保護妳。」

「一切拜託您了。」

「我是第三者，所以可以毫不客氣地跟橋田先生談判，我會儘量替妳多爭取些金錢。」

「謝謝，一切由媽媽桑您做主了。」

「對了，橋田跟妳親熱的時候……，不好意思，我不該問這種話的，但若沒問個清楚，以後我就不好跟他談判了。橋田先生為了博取妳的歡心有沒有說些甜言蜜語？」

「有，他說打從來『梅村』光顧之後就很喜歡我，可是在眾人面前，他不敢表達出來。想不到我居然主動投懷送抱，他猶如做夢一般，多年來的夢想終於實現，再也沒有比這更令他高興的事了。他還說這全要感謝『卡露內』媽媽桑的精心安排。」

橋田這傢伙居然這樣沾沾自喜！

「其他還說了些什麼？」

「他說，我若繼續跟他幽會，會盡其所能幫助我。」

「盡其所能幫助妳？澄江，妳最好牢牢記住這句話喔。男人尋歡的時候，最喜歡講些不責任的話了，事後便說自己忘記說過這種話呢。」

「我知道了。」

「就這麼說定。我們都要牢牢記住剛剛妳說的那句話。以後妳若跟橋田先生繼續幽會，他會說出更多甜言蜜語，到時候妳要悄悄地把它記錄下來，全部拿給我過目。」

「是的。」

「我絕不會讓妳吃虧的。」

「媽媽桑，我只想多存點錢開店，拜託您了。」

時序進入五月，在晴朗的日子裡，公寓的窗前多了些曬洗的白色衣物。駒場東大校園內的樹林已由翠綠轉為濃蔭。

自從他們交歡以來，已匆匆過了一個月，安島完全沒有聯絡。元子每天到信箱探看，就是沒有他寄來的信件或明信片。他預定到熊本一個星期，卻沒傳來任何音訊。

有志角逐國會議員的候選人，都得儘可能花多點時間待在選區，有些積極的候選人甚至移住到選區裡鞏固選票。安島打算繼承已故江口大輔的旗號參選地區的參議員，而熊本縣正是他的地盤。離開東京去跑基層的安島，在熊本逗留自是理所當然。因為他得拜會縣黨部主委，或市町村會議員，尋求地方有力人士的奧援，勤跑基層服務，忙得不可開交。

儘管如此，行程再怎麼忙碌，至少也可撥空寫張明信片來吧。若嫌寫信麻煩，也可打通電話呀，只要撥幾個號碼就能像在都內那樣通話。

元子沒有把他們在大久保的賓館裡兩小時左右的交合看得多麼重要，也不認為跟搞外遇的安島產生了情愫，因為她認定自己並不欣賞安島富夫那種類型的男人。

不過，她若跟安島切斷關係，以後就麻煩了。她還想從安島那裡打聽橋田的情形，換句話說，他今後還有利用價值。

而且，她不想認為自己是安島拋下的，因為這樣會被安島瞧不起。雖說她已想通這只是男女偷情，卻想做個區隔，她不同於那些普通的酒店小姐！該讓對方知道應有的禮儀，對方若因此躲藏起來，自己未免太屈辱了。

元子打電話到安島位於下落合的寓所。接電話的是一位講話有氣無力的中年女人，講到一半的時候，語調突然變得高昂起來。元子自稱姓山下，欲問安島的聯絡方式。對方反問她是哪位山下小姐，她隨便說是A議員的秘書，但對方依舊追問不停。對方似乎一開始就對來電者不友善。

「我不知道我先生去哪裡啦！」

對方歇斯底里的語聲未落，便逕自掛斷電話了。上次元子打電話到安島的住處時，沒女人出來接聽，當時元子還為此感到安心。但聽完這通電話，很清楚可知安島已有妻小了，從對方講電話的口氣聽來，顯然是對丈夫不大信任。

接著，元子打電話到「安島政治經濟研究所」。一個月前打電話去時沒人接聽，這次鈴聲只響了一次，話筒那端迅即傳來了女人的應答。

元子這次用另外一個假名。

「請接安島先生。」

「我們老闆還沒從選區回來。」那名女職員說道。

「請問安島先生什麼時候回來？」

「這個嘛，我不清楚……」

「他有沒有說預定幾時回東京？」

「他非常忙碌，所以行程也跟著延後了。」

「我有事情想跟安島先生商量，請問他在熊本市區嗎？」

「他不限定在市區，也可能在縣內到處走訪基層。」女助理機敏地回答道。

「可是，他應該有主要的聯絡處吧？您能告訴我那裡的電話嗎？」

「對不起，恕我無法奉告，我們老闆特別交代，不可以把他的行程告訴初訪者。」

「……」

「喂喂，您的事情我可以替您轉告。」

這次換元子掛斷電話了。看來這個女助理非常幹練。

安島富夫正在做參選的準備，但只能秘密運作，因為目前存在著太多變數，已故江口議員的夫人又想出來競選。依照選區重量級人士協商決定，這屆由江口的夫人出來參選，下一屆由安島角逐——以前安島來「卡露內」的時候，曾這樣告訴元子。

而「這屆由江口的遺孀參選，下一屆由安島出來角逐，這樣的協商為什麼會出現破局呢？「等到下一屆實在有點等不及，這一屆應由自己出馬」，這麼想的安島，後來決定不顧「那個死老太婆」，打算出來參加下屆選舉。據說選區的重要人士都力挺他出來參選。

「不過，這可是最高機密喔。我的行動要是被遺孀派知道，他們肯定會從中做梗。總之，這是最高機密。至少在我公開表態參選之前，妳要替我保守這個秘密。」這句話是元子在大久保的賓館從安島的枕邊細語聽來的。

想到這件事情，元子自然能夠瞭解安島事務所的女職員為什麼不吐露安島的行蹤的原因。況且元子又沒表明身份，只是電話詢問而已，難怪遭到拒絕。

那個女助理非常優秀，很可能是安島在東京的秘書。看來在「安島政治經濟研究所」裡，應該還有三、四名助理，要準備參選的話，當然需要這些人員配備。

不過，元子心想，就算安島遠在九州也可寫張明信片或打通電話過來呀，她又不會把他角逐參議員的消息洩露出去。而且，安島向她表明這個意向時，她也發誓會信守秘密。難道安島以為她的誓約不值得信任嗎？枉費她極力替他保守秘密。

元子突然覺得剛才接電話的女助理的聲音，好像在哪裡聽過。那到底像誰的聲音呢？元子一度認為是店裡的小姐，卻又猜不出是誰。來店裡的男客有時會帶女客或其他酒店的小姐來，元子試圖從中猜想是誰，但就是沒有確切的答案。

這時候，元子想起了中岡市子，那位楢林婦產科醫院的護理長，她講電話的聲音跟對方非常相似。

然而，元子不認為中岡市子會受雇於安島富夫的事務所。因為安島和婦產科醫院的護理長中岡市子從來就沒有任何關聯，把他們聯想在一起，只不過是胡思亂想而已。

中岡市子現在在做什麼呢？元子不得不把這個思緒轉到她的身上。儘管市子受到諸多傷害卻依舊對院長楢林謙治割捨不下，執意要離開元子的保護，看情形市子不大可能回醫院當護理長，但也可能得到楢林的同情，把她安排在隱密的地方居住。這樣一來，就算市子知道楢林交了像波子之類的新女友，也甘於這般屈辱的對待。哎，枉費具有護士資格的市子有自己的謀生能力！

市子離元子而去之際，元子責斥過市子的軟弱和不爭氣。元子把市子的眼袋下垂，眼角佈滿皺紋與頰肉鬆弛看成是與楢林性生活放縱的結果，這讓元子感到非常作嘔。因此，當元子看著市子暗沉的皮膚時，不由得尖聲地斥責市子：妳請回去吧！

當市子正要走出門的時候，對著元子大聲喊道：「妳一點也不瞭解身為女人的心情！」

那時候，元子把這句話當成是市子的氣話。然而，現今回想起來，元子終於可以理解市子受到諸多羞辱虐待卻仍愛著對方的心理了。市子還迷戀著楢林這個男人。元子之所以終於理解市子對楢林舊情難忘，是因為一個月前與安島的身體交合；雖然僅只那麼一次。

那時候，安島嘲笑她「妳的反應好死板喔」，她便脫口說出「以後，你多教教我嘛」。如果她的偷情次數增加，那麼她與在楢林面前跪求恢復關係的中岡市子之間，就無所謂的代溝了？

安島在外面似乎認識許多女人。元子瞭解為何她打電話到安島位於下落合的寓所時，他的妻子講電話時顯得那麼歇斯底里。

元子心想，安島在性事上如此老練，而自己宛如小孩一般，也許可以說，正因為安島催魂似的調情，才使她得以體驗到魚水之歡。元子愈加瞭解中岡市子所說的「身為女人的心情」

了。

嫩葉散發的淡淡芳香隨著微風從不變的公寓窗戶飄了進來。

在這個月間，島崎澄江造訪元子的寓所三次，主要是來報告她跟橋田的交往情形。這是元子拜託她這樣做的。

有關與橋田交歡的細節澄江都予以省略。元子心想，她若想問這方面的事情，即使澄江會感到難為情，但最後應該還是會據實以告。可是那些細節聽在元子耳裡，大概會很不是滋味。她想念著人在九州的安島，身心都無法安頓下來。她必須加以克制才行。

澄江的報告她只需聽取重要事項就行，而重要的事有兩點。

「我說澄江啊，『梅村』的老闆娘還想繼續營業嗎？」元子向坐姿端正的澄江問道。

「嗯，好像還想再經營一陣子。」

澄江回答之後，略感擔憂地說：「媽媽桑，我可能要慢點才能到『卡露內』上班，有沒有關係？只要『梅村』還開店營業，我就不好意思離開。」

「當然沒關係。我始終等著妳來上班呢，可從來沒說等久了就不要妳喔。」

「謝謝媽媽桑體諒我。」

「那點小事我倒不在意，只是『梅村』既然已經決定歇業，老闆娘還想營業到什麼時候呢？」

「就快了。我們老闆娘雖然沒說，但是橋田先生說『梅村』的土地和建物所有權都歸他所有了，而且已經辦妥房地產登記。」

「咦？妳說什麼？『梅村』的房地產已經轉讓給橋田先生了？」

「是的。上次，我們在Y飯店見面的時候，橋田先生這樣告訴我。」

「……」

「現在『梅村』之所以繼續營業，是為了收回賒帳，因為若馬上結束營業，本來可以收回的賒帳就難收了。」

高級料亭的賒帳都屬於交際應酬費。一旦結束營業，那些客人就不大願意支付，要不故意拖欠，要不就是要賴不付。大公司通常不會這麼做，但是遇到小公司或個人，很可能因此不認帳。而且雖說政治人物經常出入「梅村」，不過，所有的政治人物幾乎都是吝嗇鬼！

看來「梅村」還在營業是採取撤退戰略，也就是儘可能地把外面的應收帳款收回來。只要繼續營業，老闆娘就能以近日將關門歇業的理由儘快把應收帳款收回，等歇業後就無法向客戶請款了。

元子理解「梅村」繼續營業的原因了。話說回來，倘若土地和建物已經轉讓給橋田常雄所有，那麼離歇業的日子就不遠了。橋田之所以聽從老闆娘的請託，只是等到把應收帳款要回來為止。往後，橋田將相準有利時機，轉賣給他人。

想來橋田是在枕邊細語的時候把這個內情洩露給澄江知道的。澄江自從那晚之後，又跟橋田在Y飯店幽會過三次。澄江說她最討厭像橋田那樣的男人了，跟橋田上床只是為了獲取將來開店的資金。

儘管澄江這樣表示，但元子不知道澄江經過情場老手橋田的調教之後，對性愛這檔事的想法出現什麼變化。元子想像著平常舉止高雅、禮儀端莊、打扮得體的澄江在飯店的房間裡縱情尋歡的情景來……

再怎麼看，橋田不但滿臉橫肉，全身肯定也黏答答地令人作嘔，而澄江在他那征服慾旺盛的擁抱中有可能自始至終都沒有反應嗎？元子很想從澄江的口中聽聽他們之間的情事。為此，元子不由得略帶嫉妒，偷偷地打量著眼前雙膝合攏、坐姿端正，最近愈加散發著女人風華的澄江。

元子可以理解橋田終於把很早以前就看上的澄江納為掌中物的欣喜之情。正因為這樣，橋田才會在枕邊悄悄地將「梅村」的房地產權已經歸他所有的秘密告訴澄江。至於這件事是否屬實，明天到地政事務所調閱資料就可確定。

翌日下午，元子前往東麻布二丁目的法務局港區地政事務所，「梅村」的土地登記由該所管轄。

元子搭計程車前往，但那個地方很不好找。車子從狸穴町的蘇聯大使館後面，沿著坡路忽左忽右地拐彎，連司機都得向路人問路。

法務局港區地政事務所是一棟漆著白牆的兩層樓建築，外表看似時髦的餐館。事務所在二樓，元子沿著略斜的石階而上。

元子推門而入，整個二樓的樓層都是地政事務所。眼前是橫長的櫃檯，經辦人員成排地坐在櫃台後方，外側則是民眾休息區，許多民眾無所事事地坐在兩排長椅上。

元子來到掛著標有「不動產登記・登記結束證交處・商業法人登記・各種證明」吊牌下方，對櫃檯後方的經辦人員說：「我想申請這個地號的土地登記謄本……」

「梅村」的地號是元子從島崎澄江那裡聽來的，她出示了寫著地址的紙條。年輕的經辦人員朝元子的臉和紙條各看了一眼。

「對不起，請您辦理申請手續。」

「我要怎麼申請呢？」

「您第一次來嗎？」

「是的。」

「要從頭說起有點冗長，樓下那邊有代書，您請代書辦理比較方便，他很快就可以辦妥。」

站著翻閱簿冊的經辦人員快速說完後，旋即又忙著其他工作了。

元子走下石階，眼前有幾家門口狹小、掛著招牌的地政代書事務所。她胡亂地走進其中一家，一個頭髮半白、氣色欠佳的代書先生無所事事地坐在桌前。

「這是您的土地嗎？」戴著老花眼鏡的代書，看過那紙條後問道。

「不是，是一個名叫梅村君的人所有。因為我考慮買下這塊土地，為了慎重起見，想查看土地登記簿。不只是查看而已，我還想申請該土地的謄本。」

元子所謂「為了慎重起見」，是為了確認昨天澄江那番話是否屬實。雖說「梅村」已經賣給橋田常雄這個消息應該無誤，元子還是覺得看過登記簿比較安心。

「我知道了。我來幫您申辦。」

代書從資料櫃裡拿出一張制式表格，寫上元子的住址和姓名，在必要的欄目裡振筆疾書。看來申請手續似乎很簡單。

代書拿著填寫妥當的資料，跟元子一起朝那棟白色建築物走去。

「這地號在赤坂附近全是些高級料亭嘛。」沿路上，五十出頭的代書向元子搭話。

「是啊，『梅村』就是其中一間。」

「您想買下那間料亭嗎？」他對著身穿和服的元子問道。

「還沒決定。」元子簡短地回答道。
「那邊的地價很貴吧？」
「不知道耶，我不曾買過。」
「您是正要交涉嗎？照目前的行情來看，每坪少說也要二百八十萬圓吧。」
不愧是土地代書，直接點出目前的地價行情。
「佔地面積有幾坪？」代書略顯執拗地問道。
元子告訴他，確實的數字看過登記簿就可知道，她估計大約六十坪左右。
「這麼說，就要一億七千萬圓囉。我真羨慕那些有錢買土地的人啊！」
他們一起步上石階。看來代書把元子當成花柳界的女人，認為背後有金主出資要幫她買下那間料亭。
「這可是一筆大數目，您最好確認一下那間料亭是否拿去做抵押設定比較妥當。」代書以為元子是為了查證此事，因此要申請土地登記謄本。
元子原本認為只要閱覽土地登記簿，就可知道「梅村」是否已轉讓給橋田。順便申請謄本，是為了也許日後派得上用場。
元子並未想到那塊土地是否已被拿去抵押。原來如此，就算那塊土地已歸橋田所有，若他馬上拿它去銀行設定抵押借款，即使元子到手也無法脫手轉賣，還得先解除之前的抵押權設定，這得花費很多錢。

代書跟經辦人員輕鬆地交談著，然後指示元子去買三百圓印花。旁邊有個印花代售處，代書將元子買來的印花貼在謄本申請書上，交給經辦人員，這樣手續即告完成。

「請您在那邊的椅子等候，謄本若申請好了，會叫您的名字。」代書說道。

「給您添麻煩了。請問手續費多少錢？」元子打開手提包。

「依照規定收您二百圓就好。在此，祝您開店生意興隆。」代書咧嘴笑著說道，嘴裡少了顆臼齒看來異常醒目。

元子拿著土地登記謄本回到長椅上打開來看。周遭坐著許多像是在醫院門診室等候叫號的民眾。

座落　港區赤坂四丁目四十六號

地號　壹柒陸參捌號

地目　住宅用地

面積　壹佰玖拾捌平方公尺

事項欄目　所有權移轉　昭和五十四年四月十五日／原因　昭和五十四年四月十五日買賣

所有權人　品川區荏原八丁目二百五十八號 橋田常雄

依法務大臣之命移記　昭和五十四年四月十九日 法務局地政事務所

主任　山本平三（印）

謄本上的町名地號確實與「梅村」的地址一致，可是上面沒記載賣主的姓名。於是，元子翻查著謄本，查閱在這之前的所有權情形。

這塊土地的所有權始於昭和十四年，最初的所有權人是同地號的藤原甚兵衛。在昭和三十一年以前，已轉賣過兩次，同年五月十一日由梅村君買下。之後又於昭和五十四年四月十五日移轉登記給橋田常雄。

前兩位所有權人為了向銀行貸款已數次設定和解除抵押權，而自從梅村君買下後，二十四年間只向銀行設定抵押貸款五次。經營料亭難免因為資金周轉向銀行貸款，相較之下，這個次數算是偏低。當初設定抵押「若無法還款××萬圓時，即轉讓所有權」的金額，剛開始只是以百萬圓為單位，後來攀升到千萬圓，這是為配合當時物價的波動，而且所有貸方的銀行也都這樣做。

「梅村」經營得不錯，這是因為梅村君的背後有國會議員江口大輔在撐腰的關係。土地登記謄本上沒有記載買賣價格，因此不知道金額多少。

元子看過土地登記謄本之後，這才安心下來。

澄江所說的沒有半句虛言。不，應該說，橋田常雄「枕邊細語」時並未對澄江說謊。這樣看來，與其說橋田個性老實，倒不如說是疏忽大意向澄江說溜了嘴。不過，也可能是想藉此炫耀自己買下「梅村」的能耐。

元子把土地登記謄本妥善地放進手提包裡，沿著石階走出法務局港區地政事務所，她感到非常滿意。接著，她還想去一個地方，既然已經出來了，不如順便將這件事辦妥，因為今天有個好兆頭。

元子搭乘計程車朝青山直奔而去，還不到下午三點鐘。路上依然車流擁擠，每個號誌燈處必定壅塞。她漫然眺望著往前行駛的車流，耽溺在自己各種的想像裡，完全沒有意識到塞車的問題。

就在這時候，元子看向兩輛車前的一輛後窗，猛然嚇了一跳。

從那對男女的背後看去，委實太像橋田常雄和島崎澄江了。那男的穿著西裝體格矮胖，肥碩得幾乎看不到頸部；女的則穿著淺咖啡色套裝，脖頸的髮際很長，肩膀看起來有點斜。雖說只是背影，但看得出那對男女的上半身依偎得很緊，而且女的髮型怎麼看都像是澄江。這是元子乘坐的車子從天現寺街來到西麻布，駛往青山的途中發現的。

為了想看得清楚些，元子探身往前看去，但這之間又有兩輛車插入，而且車子的擋風玻璃有點不透明，終究沒能瞧個清楚。後來元子搭乘的計程車被紅燈困住，那輛車則先一步衝過黃燈，元子眼看著它疾駛而去，彼此的車距拉得更長了。

元子靠回後座椅背，她總覺得那對男女就是橋田和澄江，尤其那女人的身影簡直就是澄江的翻版。

果真這樣的話，看現在這時間，他們兩人大概是先在哪裡碰面，然後打算去其他地方。那輛車駛去的方向與赤坂的Y飯店剛好相反。

元子又想，反正沒什麼損失。從那情狀看來，橋田是真心迷上了澄江，而澄江似乎也高興地想與橋田「深交」下去。這樣一來，可說是進展順利。

元子昨天除了向澄江打聽「梅村」和橋田之間的買賣關係之外，還拜託澄江另一件事。但這可能要等些時間才有答覆，因為縱使橋田多麼好色，也不可能一次就把所有事情告訴澄江。

然而，看那樣的情狀——如果坐在前面那輛計程車裡的男女果真是橋田和澄江——與其說他們的感情加溫，不如說是澄江突然主動向橋田示好。

倘若澄江只是為了金錢而擔任「替身」，對橋田的態度應當很冷漠，但從車窗後看去，澄江似乎對橋田相當傾心，完全不像是為了繼續從橋田那裡撈錢而刻意表現的演技。無論是從他們貼身相依，或偶爾回望對方講話的神態，是真是假憑元子直覺就看得出來。

昨天，元子看到來訪的澄江顯得青春煥發，突然無緣由地湧起莫名的焦躁感。她想念起正在九州的安島。那次幽會之後已經一個多月了，安島還要多久才會返回東京呢？她焦慮得直望那天趕快來臨。

「請問您要去青山的哪個地方？」

計程車司機的問話，使元子醒悟過來。車子已經來到外苑前了。

「我要去五丁目，『鮮綠大樓』應該就在那一帶……」

一走進「鮮綠大樓」大門口，就可看到右牆上掛著許多公司的告示牌。

東洋徵信社在四樓。

東洋徵信社幾乎佔了四樓右半個樓層，門前站著一個像警察的警衛。元子向櫃檯的女職員表明來意後，沿著走廊被帶到其中一間會客室裡。會客室總共有四間，格局都不大，金屬質感的牆上只掛著一幅八號大的油畫，可說是陳設單調，連桌椅都顯得公式化。年輕女職員端來紅茶的同時，一個三十五、六歲，國字臉的男子走了進來。

男子恭敬地向元子施禮，他拿出印有調查主任頭銜的名片，給人的印象像是某地方官員之類的。

「我有機密的事情想委託貴社調查……」元子拉近手提包說道。

「所有客戶都是為調查秘密的事情而來的，請您放心，我們絕對會遵守保密原則。」

調查主任似乎將元子當成為調查丈夫是否在外面搞外遇而上門的客人。
元子從手提包裡拿出一張列出住址和姓名的表格，放在膝上。
「貴社可以調查這些法人和個人與銀行的往來關係嗎？」
「與銀行的往來關係？」男子露出納悶的神情問道。「您是說要做信用調查嗎？」
「不是，我想知道他們跟哪些銀行往來。比如說，市內的銀行或外縣市的銀行，除此之外，像相互銀行或是信用金庫等等。」
「我們當然有辦法調查。您只想知道往來的銀行名稱就好嗎？不想從生意上調查他們的經營狀態和信用度嗎？」
「這倒不用，只需要往來的銀行名稱就行。」
「那倒沒問題。」
「不過，我委託的不只一、兩件，件數還蠻多的。目前有十件左右，而且不只東京，以外縣市的居多。」
「我們公司在外縣市設有分社，到處都有特約調查員，若他們處理不來，總公司會派員出差支援。只是公司規章規定，到外縣市查訪必須收取特別的調查費用。」
「沒關係。」元子將放在膝上的那張表格擺到桌上。「就是這些。我想知道這十個名義跟哪些銀行有往來。如果跟五家銀行往來，就查出是哪五家銀行，倘若跟十家銀行往來，就全部查出是哪十家銀行。」

調查主任拿起那張資料名單，不由得驚訝起來。

「噢，這些不全是醫生嗎?而且都是外科、婦產科和整形外科……」

「嗯，這純屬偶然啦。」

調查主任在嘴上叨了根香菸，表情納悶地看著來歷不明的委託人，點著了火。

「他們可都是當今最會賺錢的醫生吧?」他吐了口白煙說道。

「貴社會秘密進行調查吧?不會讓對方察覺到吧?」

「那當然，我們絕對會嚴守秘密。」

16

傍晚六點許，元子走在銀座的小路上。街道兩旁已是華燈初上，但天空仍抹著殘紅，天色稍晚才暗下。路上偶現酒店小姐疾步而去的身影。這是元子到法務局港區地政事務所申請土地登記謄本，又到青山的徵信社委託調查的隔天。

這時，一個步履微顛的男子從元子面前掠過來到店家騎樓下，冷不防地回頭招呼道：

「『卡露內』的媽媽桑，晚安！」

雙肩略斜是那個獸醫的特徵，他在銀座的酒店街是出了名的火坑孝子。

「哎呀，是醫生您呀，晚安。」

「妳現在正要去上班嗎？」

「是啊。」

獸醫忽然悄悄地挨近元子的身旁。

「媽媽桑，波子的『巴登．巴登』最後沒有開成，但後來有人接手開了家叫『寬子』的酒店。」

「好像是。」

波子開店之前大肆裝潢的「巴登．巴登」後來閒置了好長一段時間，一個星期前有了新買主，就是獸醫所說的。那家酒店的媽媽桑在開店時曾來店裡打過招呼，是個大眼長下巴的三十幾歲女子。

「原本我以為波子放棄之後，媽媽桑鐵定會把它買下來呢。」

當初，元子確實有過那樣的想法，但是現在她心中有著更大的計畫。

「我哪來的錢買它呀。」

「是嗎？錢財需要活用，碰到好貨色時借錢買下都值得哩。」

元子也這樣認為。不過，「巴登．巴登」之後會怎樣已經不重要了。

「在我看來，『寬子』大概也撐不了多久。」

「是嗎？」

「那家酒店的媽媽桑，以前是新宿『銀色』酒店的代理媽媽桑。她叫做寬子，是『銀色』老闆的情婦，後來老闆在外搞女人鬧得不可開交，她便搭上八王子一帶的一個土財主。也就是說，她跟之前的男人一刀兩斷之後，讓那個土財主出錢買下了『巴登．巴登』。」

「哎呀，醫生，你消息真靈通嘛。」

獸醫牧野消息之靈通，連上次波子跑來「卡露內」大吵大鬧都瞭若指掌。他每天晚上都在這附近遊蕩，所以深知銀座酒店間的小道消息。他不但喜歡喝酒尋歡，還耽溺於男同性戀的世界。

「總之，消息自然而然就傳進我的耳裡了。不過，『寬子』是新宿派的作風，那種粗俗的做法，怎麼說就是跟銀座的風格不合啦。客人不上門捧場，就是最好的證明。」

元子也知道開在「卡露內」樓上的「寬子」生意很差。這棟住商混合的大樓共用一座電梯，由於搭乘同座電梯，「卡露內」的小姐把五樓「寬子」少有客人捧場的情報告訴了元子。

「媽媽桑，現在的『寬子』若關門大吉，妳就把它買下來嘛。這次是第二次，價錢鐵定便宜得多。」

「是啊，我考慮看看。」

跟像女人般輕移蓮步似的獸醫走在一起，元子感到有點不知所措，但又猛然想到可以藉機向消息靈通的牧野打聽波子的後續狀況。

「咦？媽媽桑您不知道嗎？」牧野露出驚訝的眼神說道。

「嗯，我完全不知道。」

「太令我意外了。我還以為您瞭若指掌呢。」

「對了，醫生，您方便陪我喝杯茶嗎？」元子環視周遭說道。

「我沒問題，可是您不是要去上班嗎？」

「坐個三十分鐘應該無所謂。」

他們走進一間元子熟識的小酒吧。店內沒有客人。他們在最後面的桌子坐定後，牧野叫了杯白蘭地，元子待會兒要去店裡，因而點了杯兌水威士忌。

「醫生，波子現在在做什麼？」元子怕店裡的人聽到，因此壓低聲音說道。

「波子跟婦產科的院長分手了。」

「嗯，這件事我多少知道一些。我是說後來呢？」

「她在原宿的信榮大樓的三樓開了間『聖荷西俱樂部』，規模很大，幾乎佔去半個樓層。」

「咦？」元子嚇了一跳。「這麼說，那女人又找到新的金主了？」

「是的。」

「能開設那樣大規模的酒店，那男人可真有錢是吧？」

「好像是。」

「又是醫生嗎？還是土財主？房屋仲介公司大亨？」元子試著說出各種足以賺大錢的職業。

「不，不是您說的那些人。我也不是很清楚，聽說好像是職業股東。」

「職業股東？是嗎？」元子雙眼發直瞪著獸醫。

「我也只是耳聞，實際情形我不清楚，不過，波子這次的男人好像是那種人。」

隻手端著白蘭地玻璃杯的獸醫，對著元子翹起大拇指。

元子為波子和楢林院長分手後旋即找到新金主的靈活手腕感到嘆服。這麼說來，中岡市子是否與楢林院長破鏡重圓了？元子的腦海裡倏地掠過市子的面容。

「我在報紙上看過『職業股東』這個名稱，是指……這個嗎？」

元子邊說邊豎起小指往自己的臉頰斜劃而下。臉上有疤表示是幫派流氓。

「也不全然是那樣，不過的確是個危險人物。」

「能讓波子開設那樣大規模的酒店，肯定很有錢吧？」

「如果對方是職業股東，想來會向著名人士和各大企業勒索龐大的金錢。」

「找職業股東當靠山，的確是波子的作風。她本來就很有膽識。」

「波子確實很有膽識，所以上次才衝進『卡露內』跟媽媽桑您大吵特吵哩。」

獸醫略帶膽怯地朝元子瞥了一眼。

「就是啊。」

那時候波子的氣忿之言彷彿又重回耳畔。

——給我記住，妳這個壞女人！我恨妳！總有一天，我會讓妳在銀座開不成酒店！

元子心想，結果不正好相反嗎？反而是波子先離開了銀座。雖說原宿是年輕族群聚集的熱鬧市街，但從銀座的角度來看，原宿終究是個鄉下地方。眼下，元子就穩坐在銀座，而且往後還懷抱著更大的夢想。

「我問你呀，醫生……」

元子邊說邊招來服務生，為獸醫叫了第二杯白蘭地。

「為了參考起見，您知道波子背後金主的實際職務和姓名嗎？」

「呀……」獸醫見第二杯酒即將到來，為此感到安心，因而把手中的白蘭地一飲而盡。

「這個我可不大清楚耶。」

「您可以幫我打聽看看嗎?」

「我是可以暗中打聽，可還是有點害怕。如果真的是職業股東，那可就危險了。」

「哎呀，只是打聽看看又有什麼關係呢?又不是拿這消息做什麼壞事。」

「是嗎?好吧，那我就幫您暗中打聽一下。」

「簡單打聽就行。若打聽出來，您可以打電話給我嗎?」

「我有點害怕，所以請您不要過問太多。」

「沒問題。那麼，到時候再來這小酒吧談談。反正這裡離我的店很近，您只要一通電話，我會馬上趕來這裡。」

「我知道了。」

獸醫立刻喝起第二杯白蘭地。元子打開手提包，掏出三張萬圓鈔對折起來，從桌下把它塞給了獸醫。

「媽媽桑，您這樣我會不好意思。」他做勢用力推拒著。

「您要向別人打聽消息，總是要請客喝酒吧?這些事可是需要花錢呢。」

「實在過意不去。」牧野獸醫搔著頭終於收下了。

「醫生，我現在得去店裡開會，店裡的小姐正等著，我先告辭了。」

元子離走之前，向酒吧老闆耳語道：「待會兒，牧野醫生想喝什麼就讓他喝，明天我再來結帳。」

十點半左右，酒店小姐春子來到正在坐檯陪客的元子身旁，低聲說有媽媽桑的電話。元子拿起擺在櫃檯角落的電話。由於常有客人打來無關緊要的電話，元子心想大概又是如此，便若無其事地應答。

「喂喂，媽媽桑？」對方的口氣有點不悅，但聲音聽得非常清楚。

「哎呀！」

對方竟然是她始終難忘的安島富夫。元子的心跳頓時加快起來。

元子湊近話筒，壓低聲音問：「你回來了？」

安島好像說了些什麼，但因為店內五、六個醉客和小姐的喧嘩哄笑聲極吵雜，元子沒能聽清楚。元子拿著話筒探低身子，用另一手的手指塞住自己的耳朵。

「咦？你說什麼？」

「妳旁邊蠻熱鬧的嘛。」

「這段時間客人特別多。」

「有得忙才是好事呢。」

「你已經從九州回來了嗎？」

「因為妳剛問了，所以我說我還在九州。」

「這電話是從九州打來的嗎？」元子看著手中的話筒。

「嗯，我從熊本打的。」

「哎呀。」元子的聲音不由得沮喪起來。

「事情是這樣的，那個死老太婆，打著代夫出征的旗號，無論如何就是要出馬角逐。參與協調的當地同志使不上力氣，看來得再花點時間才能說服她。」

「要等到什麼時候？」

「黨部評估我當選的可能性比較大，身為議員的遺孀再怎麼努力終究有個限度。儘管如此，對方還是不輕言放手，黨部也表示不希望同門相鬥的紛爭登上新聞版面。話說回來，我總不能坐視不管看著事情這樣延宕下去，所以我勤跑縣內各地的樁腳，與選區的有力人士商討，還得到處演講宣傳政見。」

話講得愈久，更增添思念的情緒。元子儘可能地想延長通話的時間。

「你的工作好忙喔。」

「嗯，簡直忙死了。」

「我一直等著你至少寄張明片給我呢。」

「對不起，我實在太忙，雖然惦記著妳，但就是撥不出時間寫信。」

「下次，記得寫信給我喔。」

「嗯。不過，與其寫明信片給妳，說不定我還先回到東京呢。」

「是嗎。要再等一星期嗎？」

「嗯，差不多吧。」

「你要儘快回來。」

「對了，妳知道橋田的後續情況嗎？」

「不清楚耶。」

「聽說他已經買下『梅村』了是嗎？」

「嗯，是真的。」

「咦？媽媽桑妳為什麼知情呢？」

「因為我去港區地政事務所查看過『梅村』的土地登記簿，『梅村』的土地所有權確實於四月十五日登記移轉給橋田先生了。我還申請了一份謄本，應該不會錯。」

「噢，『梅村』的老闆娘終於聽信橋田的花言巧語，把那土地便宜地賣給了橋田啊……」

安島在話筒那端感嘆道。「總之，等我回東京後再詳談。」

「我等著您回來。」

「那再見了。」

「謝謝您的電話。」

元子佯裝無事地在擦拭著玻璃杯的酒保面前放了話筒，回到桌邊坐陪。客人不約而同地看向她。

「妳電話講得好久喔。」

「對不起！」

「媽媽桑，是妳男朋友打來的嗎？」

「我才沒男朋友呢。」

「我看妳講完電話後，突然眉開眼笑起來呢。」

沒錯，元子光是聽到安島的聲音就興奮不已。不過，安島還要繼續待在九州幾天，讓她感到有些鬱悶。

約莫過了一個小時，這回換調酒師穿過櫃檯的門簾來到元子身旁低語：「媽媽桑，是澄江小姐打來的。」

酒客們在元子的背後齊聲喝采著：「哎呀呀，又有電話啦？今晚可真是媽媽桑的春夜呢。」

元子拿起話筒，隨即聽到電話那端傳來澄江急促的呼吸聲。

「媽媽桑，我剛從『梅村』下班，現在在附近的公用電話亭。」

元子抬看著手錶，已經晚間十一點半了。澄江難得這麼晚打電話來。

「媽媽桑，明天我想去找您。」

翌日下午兩點左右，島崎澄江帶著水果禮盒造訪元子位於駒場的寓所。

「妳不要這麼客氣嘛。」

「不會啦。這桃子汁多香甜，所以我就買了。」澄江邊用手帕擦拭著額上的汗珠說道。

時序已近初夏，氣溫上升，正是出產香甜桃子的季節。

「媽媽桑，昨夜那麼晚打電話給您，真不好意思。因為那時候我的工作剛剛結束。」

澄江說，料亭裡一到晚間十點左右，大部分客人都已離去，但也有的客人會待到很晚，澄江要收拾包廂，所以昨夜才會那麼晚打電話。

「妳找我有什麼事嗎？」

「是有關橋田先生的事。」澄江立刻說道。

「發生什麼事了？」

「沒什麼事啦，昨天中午，橋田先生打電話來，這個星期六晚上想跟我碰面。」

「梅村」星期六、日為公休日，澄江和橋田便挑其中一天見面。

「橋田先生蠻積極的嘛。」

「可是，這樣下去，我會覺得不安。如果我深愛橋田先生還另當別論，問題是，我根本對他沒有好感。之前，我也跟您表示過，我跟他在一起只是為了金錢，把它做為將來開店的創業資金……」

「就是啊，澄江。」

「話說回來，我現在跟橋田先生這樣糾纏下去，到時候能否拿到大筆錢還是個問題呢。想到這裡，昨夜突然感到惶惶不安起來，所以那麼晚才打電話叨擾您。」澄江眼神中充滿不安。

澄江之所以大膽向元子訴苦，是因為元子曾明白表示她願意負責當澄江的代理人跟橋田交涉金錢問題。

元子曾聽澄江說，橋田在床上跟她口頭承諾了許多事情。不過，元子告訴澄江，床第間的「約定」只能當做男人的夢話，男人為了取悅女人經常信口開河，因為他們自始至終都認為女人不會把這種枕邊細語當真，事後被女人問起，就撇清當時只不過是隨便說說，只要搔搔頭髮耍賴，女人也不會嚴加追究……

元子授意澄江正確地記下橋田的「枕邊細語」以做為日後索款的證物，其實更重要的是為了達成她自己的企圖。她把從澄江那裡聽來的橋田在床第間承諾的豪言壯語都記在記事本上。比如，買珠寶和高級服飾給妳啦、將來送妳一棟公寓啦之類的話。像這種天馬行空的口頭承諾，由於贈物太過於昂貴或太巨大，聽起來反而沒有真實感。而元子真正的意圖就是讓它成真。也就是說，要橋田把在床第間的風流夢語具體兌現！

「這個妳放心，我會遵守約定，替妳向橋田先生交涉。妳希望向他要多少錢？」元子對澄江問道。

「這個嘛……」澄江低下頭去，頓時說不出話來。

「澄江，我既然是妳的代理人，自然會替妳爭取。妳若沒說個明確數字，我實在不好交涉。要跟吝嗇的橋田討價還價，可是得想些辦法跟他鬥智才行。妳想要多少？不要客氣說出來聽聽嘛。」元子催促著扭扭捏捏的澄江。

「嗯……，我想要五百萬圓。」澄江開口說道。

「五百萬圓……」

「是不是要得太多了？」

元子露出沉思的表情，澄江擔憂似地向元子問道。

澄江說的沒錯，這個金額確實有點太多，因為一開始雙方就認定這是外遇之歡，而且才交往一個多月，五百萬圓這個金額已超出外遇求償的範圍，與分手費沒有兩樣，委實超出普通常理。

只是，澄江滿腦袋只想著將來的開店基金，五百萬圓是基於這個需求計算出來的。澄江似乎在強調，正因為她需錢孔急，所以才會接受媽媽桑的拜託，百般委屈代元子跟討厭的男人上床。而且元子又主動說會跟橋田交涉金錢事宜，使得澄江更依靠元子這番話了。

「沒問題。那麼我就跟橋田先生談談，爭取五百萬圓給妳。」

「真的嗎？」

澄江雖然戰戰兢兢地說出這個金額，但似乎擔心元子也許會說這個金額太多了，所以才這樣再次問道。聽到元子能接受這個金額，澄江感到又驚又喜，心想「卡露內」的媽媽桑既然願意鼎力相助，這個夢想肯定可以成真。澄江很清楚這五百萬圓是不當的意外之財，眼看不久即將到手，心裡也覺得驚訝，幾乎不敢置信。

其實元子內心打的算盤不是這麼「委屈地」向橋田要求五百萬圓這種小數目，而是更大的金額。她相信橋田非得同意不可，因為她手中握有重要「資料」，也就是第三本「黑革記事本」，要跟橋田做正式的談判，依靠的就是這些資料。

不過，在以這些資料展開交涉之前，利用做為澄江代理人的藉口找橋田談談。從這個意義來說，這五百萬圓有點像是元子送給澄江的謝禮。

「澄江，在交涉之前，有件事情我想跟妳確認一下。」元子望著滿臉笑容的澄江問道。

「是的，是什麼事情呢？」

「我跟橋田先生要到這五百萬圓的時候，妳就要跟橋田先生切斷關係，這點做得到吧？」

「是的……」

「看來妳沒聽懂我這句話的意思，妳該不會是愛上橋田先生了吧？」

「沒這回事！」

「可是，三天前，我偶然看到妳和橋田先生狀似親密出遊的樣子呢。」

澄江大吃一驚。從澄江的表情看來，元子確認她那天看到的男女確實是橋田和澄江。

「那天下午三點左右，我到東麻布辦完事情，搭上計程車從天現寺街來到西麻布，往青山方向駛去的時候，突然有輛計程車往前超車，我從後窗看到妳和橋田先生的身影。」

「哎呀。」澄江驚愕地說道。

「那時候，您坐在我們後面那輛計程車上嗎？」澄江露出驚訝的眼神。

「我可不是跟蹤你們喔，只是剛好坐在你們後面的計程車上偶然看見而已。話說回來，妳跟橋田先生相互依偎著，看起來感情不錯的樣子。」

「……」

「看那樣子，妳好像對橋田先生用情很深。」

「事情不是這樣！」澄江激動地搖著頭。

「……那時候，橋田先生在計程車裡緊抓著我不放，每次一起搭車出去，他總是這樣。

況且司機就坐在前面，我不便大力反抗。其實，我心裡也不舒服，但又有什麼辦法呢。」

「是嗎？那時候，你們去了哪裡？」

元子想起了當時他們搭的計程車並不是往Y飯店的方向而去。

「橋田先生打電話到『梅村』找我，說在傍晚開店之前，想帶我到附近兜風。我怕冷然拒絕以後要不到錢，便無奈地答應了。」

「這麼說，妳對橋田先生毫不留戀囉？」

「是的，完全！」

「妳沒騙我？」元子叮問道。

元子心想，儘管起初討厭對方，一旦發生肉體關係，女人就會變得軟弱。因為男人的身體記憶已經烙進女人的體內，女人會開始屈服於這股情慾之下。

「我沒騙您，媽媽桑，請相信我！」澄江語氣懇切地說道。

「我是擔心我跟橋田先生談判的時候，妳卻還與橋田先生藕斷絲連，背地裡偷來暗去，這樣我積極替妳爭取就沒意義了，只會被當成傻瓜，所以才三番兩次叮囑妳。」

「媽媽桑，絕對沒這回事！我敢發誓，我討厭橋田先生這點絕不會改變。不，應該說，我愈是跟他交往就愈瞭解他的卑鄙無恥，對他更加厭惡。」

「是嗎？」

「媽媽桑，拜託您，請您務必代我向他索取五百萬圓，我也想早點跟他切斷關係。」澄江央求道。

「嗯，我知道了。」元子答應地點著頭。

「那麼我就盡快跟橋田先生交涉，我要怎麼跟他聯絡？」

「我想還是直接打電話到『醫科大先修班』辦公室來得好。不過，橋田先生時常外出，您可以請橫井組長代為轉告，橋田先生很快就會回電聯絡。」

澄江說，這是她之前跟橋田間的聯絡方式。

17

隔天，元子挑在下午一點半左右，前往原宿。

華燈初上隨即活力四射的原宿時尚街道，白天時跟一般街道沒什麼兩樣，只見年輕男女穿過銀杏林蔭大道和商店街零散地走進人群中。停在銀杏林蔭大道下的豪華外國跑車顯得格外醒目。

原宿的樣貌正急速地改變著，新建築物不斷增建，一年內沒走訪，就猶如走到陌生的地方。

從明治大道、表參道往原宿車站方向的斜坡中途，左側看到不少新蓋或改建的大樓。其中有棟以褐色花磚砌建的六層樓建築，正面掛著「信榮大樓」四個金屬大字。

元子想去看的是牧野獸醫所說的，約佔這棟大樓三樓半個樓層，由波子經營的酒店。與其說出於好奇，不如說是對波子的仇恨心所引起。

大樓正門旁有個比路面高出些的細長型磚造花圃，裡面種著被修剪成如綠球藻般的灌木叢，旁邊有根如路標般的看板，上面寫著該大樓住戶或公司的名稱。其中，的確有「聖荷西俱樂部　三樓」這樣的字眼。它就是獸醫所說的波子經營的酒店。它夾雜在「展開出版社」和「東都政財研究所」等正經八百的公司名稱當中，倒是顯得有些不協調。

走進大樓入口，正面有座電梯，其他全是磚造的牆壁，顯得空盪而單調。牆上掛著黑底的金屬板，上面用白字寫著各家公司名稱，「聖荷西俱樂部 三樓」就在其中。

元子等著電梯從六樓下來。從樓層顯示板上看去，電梯在四樓停下，三樓和二樓沒停，直降而下。「聖荷西俱樂部」傍晚才開始營業，所以電梯直接通過三樓。

電梯的門打開後，三個年輕男子從裡面走了出來。他們可能是這棟大樓中某家公司的職員，穿著黑灰色或黑色西裝，顯得規矩整然。他們三人朝身穿和服的元子瞥了一眼，沒說什麼話，邁開大步朝外面走去。

元子獨自坐電梯來到三樓。一個人待在電梯裡並不是愉快的經驗。走出電梯後，她朝右邊看去，「聖荷西俱樂部」的門口就在眼前。那裡掛著「Club San Jose」造型時髦的招牌。不用說，現在那扇厚重的橡木門緊鎖著，門前立著兩座黃銅的立桿，中間繫著紅白色條紋的繩索，掛著寫著「傍晚六點開始營業」的牌子。元子挑這個時間來，是因為不想正面與波子碰上。

元子因為波子的酒店規模之大超乎想像而感到驚訝。從這棟大樓的面積來看，光是樓層的一半就有六十坪，即使扣掉公設比例，使用坪數至少有四十坪以上。在銀座，像這樣佔地寬敞的酒店並不多。

從酒店的外觀來看，與其說是時髦漂亮，不如說是奢華。為了在這棟大樓裡的眾多公司中顯得與眾不同，那些裝飾性的設計更增添視覺效果，光看一眼就知道這家酒店的裝潢所費不貲。

正當元子被眼前的豪華氣派所震懾佇立時，背後傳來了招呼聲。

「您好。聖荷西的人員，五點以後才會來喔。」

元子回頭一看，眼前站著一個眼神銳利、身穿黑衣，大約三十出頭的男子。

越過車道，那兒有棟樓下賣婦女服飾、二樓是咖啡廳，強調原宿氣氛的異國風格建築物。元子上了二樓，選了個面向道路靠窗的座位坐下。隔著大片的玻璃窗可以清楚眺望對面的信榮大樓。略感疲倦的時候，喝杯咖啡特別美味。

她之所以感到莫名的慵懶，是因為來此之前的好奇心，以及實際看到「聖荷西」時又受到衝擊所致。這棟大樓裡的氣氛總讓她感到陰森可怖，神經緊繃。

慣常在華燈初上時分遊走銀座酒店的牧野獸醫說，波子的幕後金主是職業股東。照這情況來看，這棟信榮大樓的老闆應該就是那個人。大樓正面掛著許多寫著公司名稱的名牌，其中哪家才是那個職業股東經營的呢？雖說是職業股東，大體上也會掛出正業的招牌。

元子任職東林銀行千葉分行期間，曾斷續聽過職業股東進出總行的傳言。當時，她在分行工作，不知道詳細情況，僅知道總行方面為了對付職業股東滋事，每年編列上千萬圓的預算。當時，元子為了弄懂何謂「職業股東」查閱過《現代用語辭典》，至今依稀記得些片斷。

辭典上好像這樣寫著：

「職業股東——持有多家公司股票，多半為零股，出席各股東大會，發表嚴肅質問或意見，或干擾會議進行，向公司收取打點費用為業的人。他們看準經營層怕惹麻煩的心態，抓住經營上的各種弊端，藉此向經營層施壓，施以知識專業的暴力。從這個意義來說，職業股東向公司收取利益可視為恐嚇行為，但他們深知經營層害怕『後患難治』不敢向警方報案，便利用這個弱點，因此恐嚇罪很難成立。職業股東的型態不一而足，從具有集團組織的『大人物』，到單槍匹馬的個人職業股東都有，據說各公司都依對方等級決定支付的金額。至於那些小混混般的職業股東每到中元節或歲末來『拜會』的時候，公司們大都以『車馬費』般的金額予以打發。其實，各公司均曾接獲警方的指示，經常舉行『如何驅逐職業股東』的研商對策，可惜成效似乎不大。」

在原宿的精華地段擁有信榮大樓的男人，如果他是職業股東，應該大有來頭。元子心想，不久後，牧野獸醫就會把大致的情況告訴她吧。而波子搖身變成職業股東的女人，的確很像她的求存之道。

職業股東讓波子在自有的大樓裡開設酒店，當然不會收取房租，這也是「聖荷西」能佔去三樓半個樓層的原因。簡單地說，拿職業股東得來的不義之財要把酒店裝潢得何等豪華自然不成問題。

元子心想，想必波子一定認為與楢林婦產科院長分手是明智的抉擇吧。她不知道波子與楢林院長分手後，基於什麼樣的機緣結識那個職業股東，不過，像波子那樣的女人，懂得抓住任何機會，才有現在的幸運。

元子又想，眼前「聖荷西」大門緊鎖，無法進到裡面察看究竟，但從其坪數和相關裝潢設備來推估，光是開店之前就得花上一億多圓。而這些都是那個職業股東出資的。

既然有超大的規模和高級豪華的設備，裡面的小姐少說也有三十名，加上從其他酒店挖角而來的紅牌小姐，如果有五人的話，光是定金和簽約金就是一筆龐大金額。倘若每人以五百萬圓計算，便得花上二千五百萬圓。當然，這些鉅款自然也是波子的職業股東「丈夫」出的。

波子店裡的小姐大概是指定制，如果每人每月工作二十二天的薪水以五十萬圓計算，三十人就要一千五百萬圓，加上經理、副總經理、會計、服務生等工作人員共十五名，以每人月薪二十二萬圓計算，也得將近三百萬圓，還得包括洋酒的貨款。不過，這些人事費用和買酒的貨款都是從店裡的營業額中支付的。

免付房租，裝潢設備費也是幕後金主出資，店裡根本不需要做成本攤提。人事費和貨款——幾乎都是洋酒貨款——以及各項雜費所需的二千萬圓，只要從營業額中即可輕鬆支付，而且洋酒商也多半會同意暫緩付款。

元子兀自望著信榮大樓尋思漫想著，設想若是自己要怎麼處理。一切的資金都必須自己調度。要開間像波子的「聖荷西」那樣的酒店，如果在銀座，光是使用坪數四十坪的場所，簽約金就超過五千萬圓，而且內部裝潢等費用也得花上五千萬圓。加上向其他酒店挖角而來的紅牌小姐的定金少說也要二千五百萬圓，開店之前就得花上一億二千五百萬圓。

一旦開店，就要房租和攤提成本。在銀座，四十坪的房租比原宿貴得多，而且即使員工人數跟「聖荷西」一樣多，薪水也要高出兩成。這樣一來，每月約需要四百萬圓。加上房租五十萬圓和日常用品，預估每月攤提為二十萬圓，以及周轉金。也就是說，一開始就得準備六千萬圓周轉金，因為客人的帳款通常會遲個兩、三個月進帳，必須用這筆錢來填補每月支出和應收帳款的空缺。

總之，要在銀座開間像「聖荷西」那樣的酒店，光是開店之初，包括周轉金就得準備一億八千萬圓。而酒店要順利步上軌道少說也要一年以上，為了填補這期間的赤字，這一切的花費都必須由自己負擔……

元子知道，她的各種想像終究只是臆測。不過，她之所以對此「藍圖」不感到完全絕望，一來是因為不想輕易打破愉悅的耽想，一來也看到未來若干的可能性。這個可能性——即不為人知的「計畫」正深藏在她的內心深處。

元子心想，若是有機會開設新酒店，地點絕對要選在銀座，除了銀座之外，不做其他之想。她不像波子那樣，她說什麼也不離開銀座。她想這麼做，其實也是對當初向她撂下狠話要她無法在銀座生存下去的波子所做的回擊。後來的結果是，發飆的波子離開了銀座。

從波子的性格來看，她跟那個職業股東的關係能維持多久令人懷疑。那個職業股東肯定有許多情婦，既不缺錢也不乏女人陪伴，終有一天也會對波子感到膩煩。換句話說，波子的榮華僅是眼前而已，不久後，也許她就會落魄潦倒地回到銀座的某間酒店當酒店小姐……

想到這裡，元子心裡的悶氣頓時消散了不少。當她喝完咖啡準備離去的時候，一輛緩緩駛近信榮大樓前的計程車突然吸引了她的目光。

一個男子下了計程車，朝信榮大樓的門口走去。他身材高瘦，穿著當季的淺灰色西裝，沿著低矮的石階而上。這時候，陰暗的大樓門口走出一名身穿黑色西裝的年輕男子，在他們即將擦身而過的時候，那年輕男子突然向對方欠身施禮，然後站在那裡開始說起話來。

這只是常見的街頭情景，但因為發生在信榮大樓前，元子顯得饒富趣味。她約略看出年輕男子的臉部輪廓，但因為角度的關係，只能看到那個穿淺灰色西裝頭髮梳整的男子的背影。

那麼穿黑色西裝的男子很可能是那棟大樓公司的職員，但如果那些公司都是職業股東的人頭公司，那些職員就是職業股東的手下？當她站在「聖荷西」深鎖的大門前時，在她背後出聲說話的，就是那個眼神銳利身穿黑色西裝的男子。報紙經常報導，暴力集團聚會時，總是身穿黑色西裝，而職業股東兼暴力集團這樣的消息也時有所聞。這讓她突然想起剛才進到那棟大樓裡之所以感到氣氛恐怖，以及終於了解牧野獸醫對要「調查」那名職業股東底細顯得裹足不前的原因了。

元子若無其事地望著信榮大樓的門口，看到他們兩人結束短暫的交談後，身穿黑色西裝的男子道別的時候向對方低頭。看來那個穿淺灰色西裝的男子，年紀比較大，輩份也比較高。他輕輕抬起手來，回應年輕男子，拾階而上的時候，又稍稍回望著那名年輕男子。

元子始終只看到那個穿淺灰色西裝的男子的背影。剛開始曾看到他的面孔，不過，只是剎那間而已，他很快地轉身朝陰暗的入口走去了。身穿黑色西裝的男子臉上掛著冷笑，獨自穿過擁擠的人群中疾步地朝原宿車站走去。

從這窗戶到那棟大樓的門口有段距離。即便對方站著面向這邊，頂多只能勉強看到對方的輪廓，何況身穿淺灰色西裝的男子霎時就轉身而去了。

元子總覺得好像在什麼地方看過對方，雖然沒有看清臉孔，但模糊中約略可看到對方的五官。正因為對方的臉部特徵格外明顯，遠遠地就能看個大概。

元子心想，我好像在什麼地方見過這個人，而且應該是很早以前遇到的。他不是來「卡露內」的客人。這麼說，是她任職東林銀行千葉分行時期的客戶囉?那時候，每天都有許多客戶來分行的櫃檯辦事情，既有老顧客，也有僅來過兩、三次的客人。大多數客人都是這類，也就是不特定的多數的流動客。若是老顧客的臉孔，她大概還有印象，但那人並不是老顧客。這麼說，很可能是眾多來分行的客人之一。儘管如此，她還是曾記得其中幾個客人的臉孔。問題是，現在偏偏想不出來。這也難怪，她在銀行工作十五、六年，見過的客人實在多不勝數。

當時來千葉分行辦事的客戶，該不會是信榮大樓裡的職業股東的手下？元子猜想著，朝收銀檯走去。

「收您三百圓，謝謝光臨！」女店員噹的一聲打開收銀機說道。

隨後，元子就把這件事忘得一乾二淨。反正也不是什麼大不了的事。

「您好，『卡露內』的媽媽桑！」

傍晚時分，獸醫像蝙蝠般從角落的活魚料理店現身叫住元子。這條小巷盡頭兩側擠滿著門面很小的酒吧。

這是元子到原宿查看波子的酒店過後第三天，她正要去銀座「卡露內」上班中途，經過林蔭道南側的街道。

「哎呀，原來是醫生您呀。」

元子停下腳步，獸醫步態搖晃地走了過來。

「媽媽桑，上次您託我調查的事情有眉目了。所以我專程在這裡等您來呢。」

「噢，已經查出來了？」

「是的。實際狀況不是很明朗，但總算打聽到大致的輪廓。」

「謝謝您。您辦事真快呀。那麼我們到上次去的那家酒吧談吧？」

「不，那個地方並不妥當。正因為客人不多，我們的談話容易被別人聽到。」
「那要去哪裡呢？」
「R飯店的大廳最適當了。」
「噢，要去那種五星級飯店的大廳嗎？那裡不是更人多嘴雜嗎？」
「您大概這樣認為吧？不過，情況不是您想的那樣，在那裡談事情反而安全。媽媽桑，也許您不知道，像是如何掏空公司這類壞主意，詐騙集團和市場分析師都是在那裡偷偷商量的呢。五星級飯店成了他們密商的最佳場所。許多壞蛋都在那裡串連。」
「真的？」
他們在附近搭上了計程車。元子跟獸醫一起搭車覺得很不自在，但他算是有紳士風度，把女性當成「同性」看待吧。他的身上散發著香水味。
「對不起，我說晚了，媽媽桑，上次真是謝謝您了。」獸醫舉止文雅地欠身致意，對元子致贈的三萬圓表示感謝。
「您太客氣了，我反而覺得給您帶來麻煩了呢。」
「不會啦。事實上，我本來就喜歡打聽這些旁門左道的消息。但話說回來，正因為對方是狠角色，反讓我感到有些恐怖呢。」
獸醫態度顯得拘謹的時候，都會操著山手屋敷町舊有的口音講話，剛開始聽會覺得有點滑稽，聽習慣了倒也不覺得奇怪。經歷過那段在信榮大樓的遭遇後，元子比以前更強烈感受到獸醫說的「正因為對方是狠角色」這句話。

「您看，媽媽桑。」獸醫扯了扯元子的衣袖，指著窗外說道。

那裡有棟七層樓的大樓，一樓是仕女服飾店，炫目的燈光把櫥窗映襯得光鮮艷麗。二樓是畫廊，三樓是「魯丹俱樂部」，這些元子都知道。

元子不知道牧野獸醫指向那棟大樓的含義，他移身過來，不讓司機聽見似地湊近元子的耳畔低語幾句，元子這才知道其中的意思。

「就是『魯丹』嘛，媽媽桑。」

「『魯丹』怎麼了？」

「它的規模多大呀，光是小姐就超過三十人，使用坪數四十坪，還有專屬的樂團；除了老闆之外，店長一人、總經理一人、副總經理兩人、經理三人、主調酒師一人與酒保兩人，還有服務生七、八人，可說是豪華氣派呢。」

「噢，您的消息真靈通嘛。」

「不，媽媽桑，我不是要跟您講這件事情啦。請您一定要保密喔，絕不可以洩露出去。」

「嗯，我絕不會洩露出去。」

這時候，獸醫突然壓低聲音說話。

「其實，『魯丹俱樂部』經營得非常辛苦，老闆表示，若找到好買家，他願意脫手出讓。」

「真的？」元子瞪大眼睛問道。

R飯店的大廳十分寬敞。不過，為了減少閒人逗留的地方，飯店故意將提供飲料的區域規劃得比公共區寬敞。即使是飯店大廳，也是以營利優先。

元子跟獸醫就坐後，隨即點了飲料。環視周遭，男女客人都有，但還是以男客最為醒目。其中有兩個男子把手提公事包和公文包擱在腳旁，有三個男子正在商量著什麼，由於桌子的間隔很大，無法聽到鄰桌的談話。

放眼望去，四處都有人在竊竊私語密談著。這些人好像如獸醫所說的，都是試圖霸佔公司的野心份子以及詐騙集團，如果這些話屬實，這五星級飯店果真是瀰漫著魑魅魍魎的妖氛邪氣。

「媽媽桑，事不宜遲，我這就跟您報告有關原宿信榮大樓的情況吧？」牧野獸醫雙手握著白蘭地酒杯說道。

「您請說吧。」

元子也點了杯兌水威士忌作陪。外面的天色暗下來了。

「坦白說，這消息不是我直接調查得來，而是從熟悉內情或相關人等那裡打聽來的，所以請您多加包涵。」

「嗯，沒關係。」

「像我之前說的那樣，他的確是個職業股東，聽說是信榮大樓的持有人，他叫做高橋勝雄，現年五十二歲。」

「高橋勝雄，五十二歲？」

「他現在正是年富力強的時候，除了擔任信榮大樓的社長之外，還是好幾家公司的老闆。總公司就設在那棟大樓裡，有房屋仲介公司、出版社、也有土地建設公司。不過，這些公司只是掛個招牌，不是做真正的事業。其中有個政財研究所，就是高橋勝雄的職業股東事務所。」

元子邊聽著獸醫的講述，邊回想起那棟大樓入口旁確實有個寫著「東都政財研究所」的招牌，「展開出版社」的招牌就緊鄰在旁邊。

元子這樣說道，獸醫點了點頭。

「雖說是出版社，其實並未出版書或雜誌，只是每月或隔月印些四開大小的小報分發給各家公司。對有捐款的公司便歌功頌德，對於悍然拒絕捐款的公司則把它寫得一文不值，主要是以拉廣告的名目做為強徵捐款的工具。公司企業很怕他們這樣胡搞。除此之外，他們還會招待各企業的幹部觀賞戲劇或打高爾夫球，或舉辦演講會藉此募款……」

「那個高橋勝雄在職業股東之中來說，算是大有來頭嗎？」

「嚴格地講，只算是中等吧，雖然他立志當頭號的職業股東。不過，資金周轉方面，他倒是很有辦法。」

元子心想，看來波子這回真的抓到大魚了。

「接下來，我打聽到高橋幹職業股東之前的來歷，媽媽桑，要不要我告訴您？」

「請說。」

「他原本是外縣市的警察局長。」

「警察局長？」

「是的。他等不到退休就申請離職，到榮大相互銀行東京總行的社長室當特助。社長特助在榮大相互銀行的四樓有專用的辦公室，聽說那裡聚集著退休的資深警界高層和檢察官。」

「為什麼那裡全是些令人聞風喪膽的人呢？」

「他們的工作就是研擬如何對付職業股東和新聞媒體。近年來，報紙經常報導相互銀行有許多內部問題。而擔任榮大相互銀行的社長特助的職責就是擊退這些藉機恐嚇撈錢的職業股東，以及拿這當話題要脅的新聞記者。總行只要有這些威嚴十足的前檢察官和警界高層，那些職業股東和小報記者就不敢隨便造次。

「說的也是。」

「高橋勝雄是待在四樓特助室的其中一人，後來他辭去榮大銀行的反職業股東小組，卻當起了職業股東。總之，他因為深知職業股東的犯罪手法，便獨自高飛當起職業股東。而且他經營得相當成功，不愧是金頭腦。」

「從專門對付職業股東的要角轉變為職業股東，說來真是有趣啊。」

「我再跟您再講一件事，正因為高橋勝雄待過相互銀行，所以當起職業股東，自然熟知銀行的內情。職業股東各有專長，依照企業公司的不同，使出不同殺手鐧。高橋勝雄早就染指外縣市的大型銀行，尤其跟東林銀行關係密切。」

「東林銀行？」

元子不由得吞了口水。

那不是她之前任職的分行嗎？

元子直凝視著獸醫的臉龐。獸醫大概覺得元子難得聽得如此入神，便尖聲繼續說下去。

「聽說東林銀行是高橋勝雄的『好顧客』之一。每到東林銀行召開股東大會時，都是由高橋勝雄掌控全局，再命令手下進場滋事，因此股東大會通常不到十分鐘即匆匆宣告結束。據透露這項消息的人說，東林銀行每年孝敬高橋勝雄的金額就高達五、六百萬圓之多。這事只有圈內人才知道。這樣看來，職業股東和暴力集團果真或多或少都有掛鉤，實在叫人害怕呢。」

常言道，世間真是狹小，聽到獸醫這番話，元子深有同感。

原來職業股東高橋勝雄早就把黑手伸進她長年任職的東林銀行裡，再用這筆錢照顧波子。看來這世間隱藏著許多複雜難辨的關係。

不過，應該只有東林銀行總行與高橋有所牽扯，與千葉分行沒有關係。再說，總行設在東海地區的縣政府所在地，基層的分行不可能瞭解總行的內部情形。

元子心想，職業股東的話題到此即可，她已經弄懂波子背後金主的來歷，已滿足好奇心，便對此感到興趣索然。轉而是另個話題吸引著她。

「對不起，我換個話題。」元子問牧野：「剛才，您在計程車上說『魯丹俱樂部』的老闆有意把那間店轉讓出去，這消息是真的嗎？」

獸醫對元子突然改變話題感到有些困惑，但很快地回答：「這是我從可靠人士那裡聽來的消息，不會錯的。」

「您對銀座的酒店業那麼瞭解，我想應該不至於道聽塗說才對。」

「我可不是裝門面老跑銀座後街的呢。呵呵呵……」獸醫掩著嘴巴笑著。

「這麼說，『魯丹』轉讓的動作已經著手進行了？」

「這個我不大清楚。不過，這事只有極少數人知道，他們若知道這消息是我透露給媽媽桑的，不但會給『魯丹』帶來麻煩，以後我也不敢在銀座附近走動了。」獸醫故做誇張地縮著脖子。

「您放心啦，我不會把這秘密洩露出去。」

「一切拜託了。不過，我得到的消息僅止於此。」

「假設真有此事，也就是說『魯丹』有意轉讓的話，您估計大約值多少錢？」

「說得也是，那間酒店規模蠻大的……」

獸醫像在估算似地看著遠處，一會兒，視線又回到元子的臉上。

「我也說不上來，但對方可能開價兩億圓吧。」

「兩億圓……」元子嘆了一口氣。

「這只是我的猜測。畢竟它是間名聲響亮的高級俱樂部，又在精華地段佔有四十坪營業面積，三十二、三個酒店小姐，店長和總經理各一名，兩個副總經理，還有營業經理、會計經理與採購經理各一個，三個調酒師，和七、八個服務生，可說是陣容龐大。而且客層的水準很高，若買家開價少於兩億圓，老闆想來大概不肯放手吧。」

「可是，那老闆為什麼要把它轉讓他人呢？」

「老闆叫做長谷川庄治，是個實業家，在東京都內擁有五棟大型公寓。他在經營公寓事業方面發展得很好，聽說他想蓋更多公寓，當個房地產大亨。這樣想來，不如趁這時候將『魯丹』處理掉，徹底跟特種營業劃清界線。」

「醫生，您認識長谷川先生嗎？」

「不，我只是聽說而已，不曾跟他碰過面。」

「醫生，這只是假設的說法，如果長谷川先生有意讓出『魯丹』，他會透過房屋仲介商尋找買主嗎？」

「不可能。」牧野獸醫在元子面前揮手說道。

「他若透過房屋仲介商，不管怎麼低調，不需幾天，消息就會傳得沸沸揚揚。」

「那麼，要怎麼進行呢？就算長谷川先生想賣，私下聽到消息有意接手的買主，若無人居中介紹豈不是談不成？」

現在，元子和獸醫正處在居心叵測的詐騙集團和市場分析師等魑魅魍魎齊聚的大廳中密談著。

獸醫凝視著元子。「媽媽桑，您打算買下『魯丹』嗎？」

「這怎麼可能。」這回換元子猛地揮著手。「我哪有能力籌得出兩億圓啊？我只是為參考起見，想瞭解那樣的酒店值多少錢而已。」

獸醫沉吟了一下，然後帶著意有所指的微笑看著元子。「請問媽媽桑，『卡露內』都向哪家酒商批貨？」

「旭屋洋酒零售公司。」

「原來是旭屋呀。它們的洋酒大都賣給銀座的酒店，客戶大概有三十家左右。」

「我們店裡的進貨量算是最少的。」

「不管是多是少，對酒商都是好顧客。雖說是零售，但酒店都是三、四個月後付款，所以酒商在各家酒店都有掛帳。」

「我們店裡是三個月後付款，不過，還是付得很吃力。我說牧野醫生，您明明是個獸醫，卻這麼瞭解酒店業的內情，我真是服了您呀。」

「這些都是在銀座裡打滾聽來的啦。呵呵可……」

「好厲害喔。」

「不，您過獎了。坦白說，沒有人比那些酒商更瞭解酒店的內情，他們平日供應洋酒，因此最瞭解營業額的好壞。而且酒商跟老闆、經理以及調酒師的交情大都不錯，尤其是那些付款期限延期、周轉金出狀況的酒店老闆和經理，都會跟他們訴苦。最近經濟景氣低迷，一般公司大幅縮減交際費，導致不少酒店得拖上四個月或半年才能收到款，而就這苦了居中協調的酒店經理，畢竟不能因為缺錢而拖欠酒店小姐薪水。有些媽媽桑和經理私下發牢騷說，他們拚死拚活好像都在為他人付出似的。基於這樣的關係，如果有老闆想脫手讓出酒店，會在找房屋仲介商之前先私下告訴酒商，由他們幫忙找尋買主。專門供酒給各酒店的洋酒商，在這方面可是交際廣闊。」

「可不是嘛。」

聽獸醫這樣分析很有道理。倘若那家酒店尚有欠帳，洋酒商為了能收回貨款，勢必會積極地幫酒店老闆找尋買主。

兩億圓總有辦法籌得出來，或許自己可以買下「魯丹俱樂部」——元子想到理想的目標即將實現，不由得心臟狂跳不已。

也許是元子不經意地把這種情緒表現出來，獸醫露出詫異的眼神盯著她。元子察覺自己的情感似乎被獸醫看穿，因而故做慌張地看著手錶。

「哎呀，這麼晚了，我得盡快趕去店裡才行……。您說的對，我們拚死拚活好像都在為他人付出似的。」

「可不是嘛。」

「我先失陪一下。」

元子起身朝大廳角落的公用電話亭走去。她對卡露內的酒保說明「現在就要趕去」之後，悄悄地包了五萬圓，又回到原來的座位。

「醫生，幸虧您多方打聽，我才有機會知道這麼多訊息，真的非常感謝。這是我微薄的心意，請您收下。」

獸醫驚訝地把手縮了回。

「媽媽桑，您不要這樣。我不是為了錢去打探消息，而是您平常待我不薄，我只想以此回報您的恩情。」

「感謝您的好意。不過，謝禮歸謝禮，您若不收下，我會過意不去。」

「可是，不久前我才收了您的錢呢。」

「不，那是我向您尋問有關信榮大樓的內幕時的茶點費。這次是給您的謝禮。」

「不好意思啦。」獸醫拿著錢雙手高舉過頭行禮，「那我就恭敬不如從命了。」說著，點頭致謝地收下了。

「媽媽桑。」

「什麼事？」

「您要買下『魯丹』的時候，我絕對會替您打探消息。」

獸醫突然這樣小聲地說著，讓元子感到有些意外。

18

元子照著先前記下的號碼撥打電話。「醫科先修班」有公司代表號，但島崎澄江告訴她的卻是理事長室的專線電話。

她之所以選在上午十一點以前打電話，是因為聽說這段時間橋田常雄會在辦公室裡。澄江說，橋田經營醫科大補習班，平常十分忙碌，只有這段時間會待在辦公室。

接聽電話的是一名男子，不是橋田，可能就是澄江所說的橫井組長吧。澄江曾說：「橋田先生時常外出，您請橫井組長代為轉告，橋田先生很快就會回電聯絡。」

「您好，我住在銀座，敝姓原口，請問橋田在嗎？」

「銀座的原口小姐？」

「是的。」

男職員略帶質疑地想回問什麼，但隨即說「請您稍等一下」，便將電話轉接給橋田。

「喂喂。」這回是如假包換的橋田的混濁的聲音。

「橋田先生？我是『卡露內』的元子，您好！」元子笑著打招呼。

「噢，原來是媽媽桑妳呀？橫井組長說，銀座有個姓原口的小姐來電，我還以為是誰呢。」

「好久沒向您問候了。」

「是啊，好久沒聽到媽媽桑的聲音了。」

「我一直期待您來店裡捧場，您最近卻很少光臨，我們店裡的小姐都很想念您呢。」

自從橋田在Y飯店和「替身」島崎澄江發生肉體關係之後，便很少到元子的店光顧。難不成像橋田這般厚顏無恥也會羞於見到元子？

電話中聽起來他似乎有點難為情。他低聲說：「哎，要怎麼說呢……」

「我知道您平日事業繁忙，所以我簡單說明一下想跟您談的事。」元子的聲音變得認真起來。

「妳請說。」

「不好意思，有件事情我想請您幫忙，能否在什麼地方與您見面。」

「談到媽媽桑妳的事，我便無從招架，總覺得又要被騙呢。哈哈哈……」橋田這番話意有所指，暗示元子在Y飯店搞「替身」一事。

「我想說的多少跟那次的事有點關係。」

「咦？」

「是有關澄江的事。」

「什麼?」

橋田頓時說不話來。看來他沒想到元子會為此打電話來,因而有點意外。

「她……」橋田怕旁邊有人,沒說出澄江的名字,只低聲地說:「她是不是跟妳說了什麼?」

橋田說得很小聲,但語氣非常認真。

「是的,她找我商量了許多事情。」

話筒那端的回話聲斷斷續續,橋田似乎有點措手不及,陷入短暫的沉默。他可能在思忖,澄江有事想說,為什麼不親自說明呢?為什麼要託元子相告呢?澄江和元子之間到底是什麼關係?難不成自她在Y飯店當「替身」之後,她們倆就變得無所不談了?

「這件事很急嗎?」橋田再次開口,語氣平穩了許多。

「我希望儘早把這件事談清楚。」

「好吧,那請妳立刻到這裡來。」

「您說的『這裡』,是指什麼地方?」

「我的補習班呀。請妳來理事長辦公室。」

「什麼?」

元子感到意外。她才剛提到澄江的事情,橋田便公然地請她到他經營的補習班。方才,她在電話中問「能否在什麼地方與您見面」，主要是考慮到他的立場，但橋田卻反其道而行。

「我可以去貴校拜會嗎？」元子不由得反問道。

「當然可以。理事長辦公室只有我在，若有旁人在場，妳來之後，我會把他請走。」

「……」

「反正要見面，妳不如現在就來。下午我跟人有約還得出門呢。」

「那麼我就不客氣造訪了。」元子下定決心說道。

「妳知道地點嗎？」

「知道，在新宿區喜久井町二一六號。」

「從大久保前往飯田橋途中，有個叫『若松町』的公車站，從那裡往北下了坡路，盡頭就是喜久井町。本校正位於早稻田大道的南側，妳只要在那一帶訊問，很快就可以找到。」

橋田詳細地說明地理位置。

「我知道了。現在去的話，大概十二點左右就會到達。」

「我等妳。」

掛上電話之後，元子揣摩橋田的心情。他正想著他跟澄江的情事吧。

看來澄江是要向他要錢，否則不可能由元子出面。果真這樣的話，與其在「密室」裡密談，倒不如在自家補習班的理事長辦公室商談還來得容易處理。在自家地盤上，難纏的事情也可輕易解決——橋田大概會這樣想吧。

元子進而推想橋田的心理狀態。他可能認為在Y飯店與「替身」歡好一事成了把柄，因為他原本看上元子，後來卻隨便跟「替身」上床。這種毫無原則，只要是女人便來者不拒的卑鄙心態，不由得成為對元子的內疚感，所以他才不好意思另約其他的地點見面。把她請到自家地盤來，那種半公開的場合和氣氛能免除尷尬。確切地說，一般人碰到這種情形無不驚慌失措，而橋田卻反其道而行，正面迎戰，這一點讓她深切感到橋田果真是厲害的角色！

從新宿車站前駛出的計程車，依照橋田在電話中的指示，抵達了「醫科大先修班」前。從若松町的公車站往北而去的下坡路延伸至拔谷而起的喜久井町的高地上，「醫科大先修班」的白色建築物座落在高地的斜坡上，外觀看去規模不算大，但感覺頗像大學校舍。

整個校區佔地約有二百五十坪，校舍建地約二百坪，是一棟嶄新的四層樓建築，外觀現代化又時髦，周遭種植著喜瑪拉雅杉。一樓有停車場，二樓以上是事務所和教室。校舍外側設有通往樓上的鐵製螺旋梯，那是專供學生之用，通往事務所的階梯在停車場後方。

正門口前掛著刻有「醫科大先修班」的銅製招牌，旁邊立著一塊用有色油墨寫的告示牌。

本校授課內容

舊制醫大住校集訓重考班

舊制醫大重考班

新制醫大住校集訓重考班

新制醫大重考班

在學升學班

「舊制」是指二次大戰前即設立、具有歷史傳統的大學，而所謂「新制」即是因應二次大戰後教育風潮所設立的大學。從另一個角度來說，這也區分了升學考試的難易度，走後門關說入學引發事端的以新制大學居多。所謂「在學」，當然是指尚在就學期間的高三學生。多家補習班標榜住校集訓，採取魔鬼訓練營的方式，經常成為報紙和週刊的話題。

從這裡望去看不到像宿舍的建築物，也許蓋在他處。由於重考生多來自外縣市，有必要蓋宿舍。元子心想，這間補習班算是已故江口大輔參議員的地盤，學生應該大多來自熊本縣吧。住校重考生接受集訓一事之所以經常引發爭議，是因為校方管教嚴格。舍監把學生關在狹小的房間裡，不給學生外出的自由，可說是採取「監禁」手段管教。雖然這可以解釋為補習班「熱心教育」，但說得露骨些，其實是經營者為提高升學率，藉此吸引更多重考生、增加學生人數賺取利益的生意算計。大眾媒體都這樣評論。

這間「醫科大先修班」的經營考量又是如何？與其說是為增進學生的學習能力，其實重點是拓展人際關係吧。已故江口參議員曾在文教委員會擔任要職的經歷發揮了重要作用。雖然江口大輔是被橋田所騙，但他身為這間補習班的支持者，並在文教界佔有龍頭角色，因而在關說入學的運作上發揮了很大的影響力。話說回來，只憑「面子」還不見得見效。另一方面也必須將向學生家長收取的鉅款，透過橋田居中斡旋，把錢送交到大學的理事和教授手上。儘管江口議員已過世，橋田仍在利用江口議員的前秘書安島接收的人脈。這些事元子已由安島和澄江的口中得到證實。

元子來到這裡一看，「醫科大先修班」校舍的豪華程度遠遠超乎她的想像。眼前地建築物落成還不到兩年，她不知道之前的校舍是何種模樣，但專攻醫大的補習班競爭愈來愈激烈，若不把校舍蓋得富麗堂皇些，很快地就會遭到淘汰。建築物蓋得愈是漂亮，愈能吸引學生的目光。這裡距離「早稻田的樹林」不遠——亦即離知名早稻田大學很近——在氣勢上深得地利之便。

話說回來，這筆龐大的建築費用，最終都是橋田向學生家長搾取而來的。送孩子進補習班的學生家長大半都是醫生，他們無論如何都希望自己的兒子當上醫生繼承家業，因此花錢從不手軟。眾所周知，醫生在高額所得者當中總是名列前茅，國稅局每年公佈逃漏稅者的排行榜中，也是以外科和婦產科醫生居冠。在元子看來，「醫科大先修班」的校舍蓋得如此華麗，便是這間補習班抓住那些醫生的弱點，「從中搾取」的成果之一。

眼下，元子恰與從校舍旁的螺旋梯走下，湧向道路的成群學生擦身而過。對橋田而言，那些學生猶如寶貴的金磚。

樓下停車場正面有個櫃檯，窗口後方坐著一名警衛，他一看到元子走近，隨即從椅子上起身，眼神變得銳利。元子今天穿著樸素的洋裝，拿著手提包，打扮起來像個保險業務員。元子說明來意之後，警衛馬上撥了內線電話。沒多久，他放下話筒，態度為之轉變，非常客氣地請元子直接上樓。階梯上鋪著軟墊。

走到二樓時，有個二十四、五歲的女職員站在門前迎接。她帶著元子走過鋪著紅地毯的走廊，在盡頭的房間前輕輕地敲著門。門內傳來回應聲，她開門請元子入內。

驀然，映入元子眼簾的是氣派寬敞的辦公室和一張極大的辦公桌。明媚的陽光從外面灑了進來，整間辦公室顯得格外敞亮。

坐在大辦公桌後面的橋田常雄緩緩地抬起粗短的脖子，嵌在圓臉上的貪婪的雙眼只是略閃一下，始終盯著走進來的元子，無形中予人壓迫感。

不過矮胖的橋田馬上聳聳肩，掛著笑容站了起來，繞過大辦公桌旁來到元子的面前。

「哎呀，媽媽桑，好久不見。」橋田招呼道。

「許久沒問候您了。」元子欠身說道。「剛才在電話中叨擾您，不好意思。」

「哪裡。來，請這邊坐。」

橋田指著一張與辦公桌有段距離的桌子，它可用來招待客人，也可做為小型會議之用，長桌兩側擺著四張皮椅。

元子就近坐下，橋田肥胖的身子沉甸甸地塞進她對面的皮椅裡，兩條大腿微張，雙手攤放在扶手上，顯得氣派十足。

「您不是很忙碌嗎？」

大辦公桌上堆滿著各種資料，幾乎塞得沒有任何空隙。

「還好啦，我做事情很有效率，已經忙慣了。」

外面傳來敲門聲，剛才那個女職員悄聲地走了進來。她在元子和橋田面前輕輕地放下紅茶，旋即恭敬地退了出去。

元子喝了口紅茶。她隨意地打量著橋田常雄，眼下他顯得氣派威嚴，原先那令人作嘔的臉孔，現在充滿了紅潤而幹練的氣勢，在酒店微暗燈光下看到的短頸隆肩凸腹醜態完全不見了，反而散發著大老闆的穩重架勢。

辦公室內華美而莊重的裝飾，恰如其分地襯托出主人的地位。牆上掛著三幅油畫，角落擺了尊半身雕像。那尊臉雕像戴著眼鏡，穿著燕尾服，斜披著勳章綬帶。雕像前的立牌寫著「本校功勞者．從三位一等勳章．江口大輔參議員」幾個金字，閃閃發光。

元子實在無法把在酒店裡對陪酒小姐上下其手的橋田，和端坐在眼前的男人當成同一個人。簡單地說，來酒店尋歡作樂的男客，總會故意露出男人的好色本性，元子也告訴店裡的小姐，無論來客是會長、社長或局長，他們終究只是醉漢和好色之徒，自己要多加注意。可是如今元子眼前的橋田常雄卻顯得道貌岸然，頓時令她心生錯愕。

與此同時，元子領悟到橋田把她叫來這裡的原因。因為在其他地方見面，他便無法展現企業家的威嚴。這就是他的算計。

眼下，完全看不出橋田的臉上有因為無恥地跟元子的「替身」在Y飯店歡好一事而感到羞慚的神色。今天若約在其他地方見面，他恐怕就無法維持這副神態了。他必須依靠這些威嚴的裝飾做支撐。

元子心想，我不會讓你打敗也不會上當，做好了迎戰的準備。她手中像保險業務員的手提包裡，藏著足以摧毀虛張聲勢的橋田的致命武器。

樓上傳來人聲，好像是老師在講課。

橋田動了動肥胖的肩膀。

「媽媽桑，妳在電話中說，要跟我談澄江的事是嗎？」

「沒錯。因為要商量澄江的事，所以今天特地來叨擾您。」

元子說出「商量」這句話時，橋田的眼神變得異樣。

「噢，要談什麼事啊？」

「其實，我是想約您在其他地方碰面，但是您卻叫我來這裡……，不過，這樣也不錯，讓我有機會參觀貴校漂亮的校舍。」

元子環視著理事長室。窗外正好有學生經過。元子知道橋田叫她來這裡的盤算，可是她仍不動聲色。

「我想又不是要談什麼秘密，便覺得這裡比較方便。我是不是叫其他人暫時不要進來？」

「可以的話……」元子點頭。

橋田走到辦公桌前，按了按桌上的按鈕，對著對講機說：「我沒有按鈴傳呼之前，暫時不要讓任何人進來。」不用說，橋田吩咐的對象，就是剛才那位接待元子的女職員。

橋田又回到原來的座位上。「這樣就可以安心談話了吧？」他的厚唇堆著笑容說道。

「不好意思。」

「妳要跟我談澄江的事嗎？」

橋田探身從招待客人用的菸盒裡掏出一支香菸，元子見狀馬上拿出打火機。橋田叼著香菸湊上去，翻眼朝元子瞥了一下。翻眼看人通常是白眼居多，但這時橋田的舉動似乎更像是瞪視。

「澄江……」元子恢復原來的姿勢說道：「她能得到您的垂青，我好高興喔。」

橋田斜望著元子，吐出青煙。

「那時候因為媽媽桑妳落跑，事情才會變這樣哩。」

不知不覺間，他們兩人不得不談到Y飯店的「替身」事件了。橋田當然知道元子的意思。正如元子料想的，橋田聽到這句話後默默地笑了。與其說他是以笑遮羞，不如說他始終保持著狡獪的表情。

「哎呀，澄江當然要比我好一百倍，而且澄江還告訴了我許多她跟您的事情呢。」

「她說了些什麼？」

「澄江說您對她非常溫柔，她好高興喔。澄江什麼事情都會找我商量，任何事情都會向我坦白以告。不過，請您放心，我絕對會守口如瓶，不會把這秘密洩露出去。」

「我對澄江非常溫柔？我怎麼沒這個印象。」

「這件事有點難以啟齒，一般來說，像這樣偶然的艷事，幽會個兩、三次即告結束，可是您卻持續不停？」

「嗯。這樣拖拖拉拉，是有點不妥，以後我會多加反省。」

「您的意思是說這純粹只是外遇？」

「我是這樣打算。」

「可是，橋田先生，澄江不這樣認為喔。她認為您要照顧她一輩子，感動得快掉下眼淚來呢。」

「沒那回事！是澄江誤解了。」橋田直揮手辯解道。

元子故意用驚愕的眼神凝視著橋田。

「可是，澄江太相信您的話了。」

「我跟澄江說了些什麼嗎？」

「您不是說要買珠寶和名牌服飾送她嗎？而且之前您不是買了一只貓眼石戒指送給了澄江？這些事是澄江親口告訴我的。」

「嗯，我送了她一只小的。」橋田瞇著眼睛說道。

「後來，兩人獨處的時候，您又跟澄江說了許多甜言蜜語？」

「我對她說了什麼，根本不記得了。」橋田吐著青煙說。

「可是澄江記得非常清楚，因為她實在太感動了。」

「喂喂，媽媽桑，那只不過是枕邊細語，為了炒熱當時的氣氛嘛，算是隨口瞎扯。簡單地說，雙方都知道這是一時的情話，她怎麼把這話當真呢？」

「您不是對澄江說，自從您首次光顧『梅村』那時起，就喜歡上她了，現在竟然能抱著她在床上恩愛，簡直像做夢一般，高興得說不出話來，這一切都要感謝「卡露內」媽媽桑的精心安排……」

「我這樣說過嗎？」

橋田像被煙燻痛似的瞇起了眼睛。

「不只這樣而已，我還親眼看到橋田先生和澄江親密出遊的情景呢。」

「咦？什麼時候？在哪裡？」橋田一臉意外。

「前幾天，我因為有事外出，從西麻布坐計程車前往青山，湊巧看到前面的計程車裡坐著一對男女。那樣子我怎麼看都像是橋田先生和澄江。沒多久，那輛計程車便疾駛而去。後來我詢問澄江是否真有此事，她點頭說是。」

「嗯，我沒這個印象耶。」

「這是澄江親口告訴我的，絕對錯不了。橋田先生您好像忘得一乾二淨，但澄江卻把她跟您的事情深印在腦海裡呢。她是真心付出的。」

「是嗎？」

「當然是真的。那時候，我看到您摟著澄江的肩膀，湊近她的耳畔輕聲說著甜言蜜語。您這樣灌迷湯，難怪會讓她神魂顛倒。」

「糟糕，被妳看到了。」橋田用指頭搔著下巴。

「不好意思，我想再確認一下您的想法。也許澄江不這樣覺得，但您認為這純粹只是外遇嗎？」

「這當然是露水之歡，只是有點玩過了頭。我對她確實是逢場作戲。」橋田正面看著元子，清楚地回答。

「可是，您為什麼對澄江說要照顧她一輩子呢？」

「我不記得說過這些話。就算說過，剛才我也說了，那只不過是男女間的枕邊情話嘛。在床上誰會許下承諾呢？」

「橋田先生，澄江可是一派純情喔。她雖是『梅村』的女侍，卻用情至深，跟那些特種行業的女人可不一樣呢。」

「媽媽桑，妳是為了澄江，專程來責問我的嗎？」橋田終於露出怒容了。

「我不是來責問您，況且指定我來貴校談話的是您。我在電話中早已表示是否能另外在別的地方與您見面……」

「……」

「而且這不是我個人的意思。其實這次我是受澄江之託，專程來探問您真正的想法。」

「澄江託妳來？」

「澄江性格溫良，不好意思向您提起。但她告訴我，她最近因為猜不出橋田先生的想法，感到非常苦惱，希望我代她探問您的本意。」

「我只是逢場作戲，什麼時候切斷關係都無所謂。」

「逢場作戲？可是您跟澄江的關係未免維持太久了吧？」

「所以，我剛才已說過會反省啦。」

「澄江一直相信您對她的承諾。」

「我可沒這個意思喔。她要把枕邊細語當真，我也無可奈何。」橋田說完，雙眉緊蹙。由於他表情不變，使得臉孔變得更加奇怪。

一陣沉默之後，元子抬起眼來。

「聽說『梅村』最近要歇業是嗎？」

「嗯，是啊。因此澄江才拜託妳讓她在『卡露內』上班嗎？」

元子知道『梅村』的產權已轉移給橋田，也已辦妥登記手續，但她沒有說出口。

「是的。澄江打算在我的店裡上班，可是她不可能在歡場待一輩子，總得為將來憂心。女人年紀一大就完了。澄江說，如果您的承諾不能成為她的依靠，她現在就得另找謀生之路。」

「我已經說過好多次，她不能把我的話當真呀。這一開始就是逢場作戲嘛。」

「我瞭解您的意思了。」

橋田偷瞄著深深點頭的元子。

「請妳告訴澄江，我們之間的關係到此結束。再這樣持續下去，只會愈搞愈糟，而且對雙方都沒幫助，以後不要再見面了。」

「橋田先生，既然這樣，那就請您付澄江分手費。」

「分手費？」

「剛才的談話中，您從頭到尾都強調這是逢場作戲，可是看在公正的第三者眼裡，您跟澄江的關係可不能說只是逢場作戲。」

「那是妳的看法吧？」

「不，澄江也這樣相信。那些甜言蜜語都是您親自向澄江說的，我認為您必須負起責任，在第三者聽來，相信也會同意。」

橋田對「在第三者聽來」這句話，反應格外強烈。雖然他跟澄江的關係尚未廣為人知，但元子言下之意頗有向外界大肆宣傳的意味。

始終擺著傲然架勢的橋田終於露出慌張的神色。現在，他肯定在思考如何維持補習班老闆的體面，以及如何因應因為這個醜聞導致學生人數銳減的慘狀。

「澄江說過要分手費嗎？」

儘管橋田仍在裝腔作勢，但語氣顯然軟弱了許多。

「澄江為了將來能獨立自主，希望開間小餐館，因而找我商量。您就幫她出點開店資金吧，這樣澄江就能諒解您。」

「為參考起見，澄江說要多少錢？」

橋田說出「為參考起見」這句話，顯現他的狡獪。

「我希望您能拿出一千五百萬圓。澄江向來個性溫和，不敢這樣跟您說，這是我替她要求的。即使是規模再小的小餐館，光是找個稍好的地點，加上承租的權利金以及裝潢費，就得花上這筆錢呢。」

「叫我拿出一千五百萬圓，這簡直是獅子大開口！我跟澄江只不過來往兩個月，這樣的要求太不合理了。」

「可是，澄江始終相信您的諾言，從不認為這只是逢場作戲，您答應要照顧她一輩子的呀。」

「不，我沒有答應……」

「您三番兩次說那只是枕邊情話，但這對純情的澄江說不通呀。正因為澄江認為您是她一生的依靠，才沒有向您要一分一毫，難道您要說這是特種行業女性的逢場作戲嗎？」

橋田像冷不防被擊中要害似的不知所措，他懊惱著每次跟澄江燕好時就該當場塞錢了事。

「橋田先生，根據我的觀察，貴補習班經營得非常成功嘛，聽說學生家長大多是有錢的醫生。最近報紙常報導，許多家長為讓自家小孩進入醫科大學就讀，毫不手軟地將大把鈔票捐給補習班。」

「那是其他補習班，我們從不收取那樣的捐獻。」

「我也這樣認為。今天我真是有幸能親眼看到這麼漂亮的校舍，感謝您給我機會來這裡參觀。」

橋田露出不悅的神情。

「對橋田先生來說，一千五百萬圓只不過是九牛一毛。而且花這麼點小錢，即可輕鬆擺平紛亂，算是很便宜的了。」

橋田抬起粗短的脖子，以凹陷的細眼瞪著元子。

「好吧，讓我考慮看看。」

「您說要考慮看看，是打算拿出一千五百萬圓呢，或是開出更低的價碼？」

「都包括在內。」

「您什麼時候能給我答覆？」

「目前還不確定，我得仔細考慮才行。」

「不行，您這樣拖延下去，澄江和我都無法安心，請您馬上就答覆我，讓事情就此解決。」

「妳是專程來威脅我的嗎?」

「我哪敢威脅您呀。我只是想看看您對澄江有多少誠意而已。因為我是澄江的代理人。如果澄江知道您沒有任何誠意,純情的她肯定會因此發狂。她可不是隨便男人胡搞的女人,也沒有那樣的經驗。您跟她上床過,應該最瞭解才對呀?」

「……」

「像她那樣純情的女人,遇到感情挫折時,會有什麼反制動作誰也料不準。她若知道您對她的承諾只是空話,肯定會感到絕望和憤恨不已,到時候不知道會惹出什麼名堂來呢。所以,請您現在就開切結書吧。」

「什麼?叫我開切結書?」

「沒錯,請您在上面寫明交付一千五百萬圓的確切日期,我拿著切結書回去,澄江肯定很欣慰。我既然受她的請託,就請您不要隨便唬弄我。」

窗外突然傳來一陣喧鬧聲。原來是下課時間,許多學生沿著螺旋梯跑了下來。

最後,橋田常雄終於用印有「醫科大先修班」字樣的專用信箋開了一張切結書,署名將付一千五百萬圓給島崎澄江,付款日期是一個月後。

看來橋田似乎體悟到眼下若與元子和澄江鬧翻，將對自己大大不利。他氣得緊握拳頭，用力地在信箋上簽名蓋章之後，把它撕了下來，推到元子的面前。

「這樣總可以了吧？」橋田皺眉瞪視道。

「那我就收下了。」

元子伸出雙手像領取獎狀般接過切結書，並故意慢條斯理地察看上面的文字。

沒錯，支付金額為一千五百萬圓。元子答應給澄江五百萬圓，剩下的一千萬圓她打算留給自己，因為將來她要開間更大的酒店，再多的錢都嫌不夠。

「確實無誤。」元子點頭致意，妥善地把它摺成四摺，一邊放進手提包，一邊綻開笑容說：「澄江會很高興的。」

橋田氣得轉過頭抬起下巴，粗暴地吐著青煙，臉頰氣得鼓起。

「一個月後，我會如切結書上的日期來取款，是來您這裡嗎？」元子微微笑著，稍微側著頭，故做嬌態地對橋田的側臉問道。

「妳要來的前一天先打個電話，我再指定付款的地點。」橋田維持那樣的姿勢說道。

「好的。」

談判告一段落後，元子也探前從桌上的菸盒裡拿起一支香菸，用旁邊的打火機點燃，靜靜地吐著青煙。

「我說橋田先生啊……」

「……」

「您付這麼一點小錢，就擺平了所有事情，豈不是可以安心了嗎？」

橋田的臉頰不停地抖動著。

「如果以逢場作戲的角度來看，這筆錢也許貴了些，但這是指一般人而言。我認為所謂昂貴或便宜全要看對方的收入而定，而且重要的是，其收入的來源。勤奮打拚和不勞而獲，當然不可以相提並論。綜合各方面因素，以橋田先生的情況來說，一千五百萬圓算是便宜的了。」

橋田一副不以為然的樣子，轉過頭來瞪視著元子。

「難道不是這樣嗎？如果您捨不得花這筆錢，到時候澄江三天兩頭來騷擾，勢必會給您的補習班帶來困擾。而且媒體現在正把報導目標鎖定在專考醫科大的補習班呢，萬一補習班老闆的醜聞被大幅報導，後果會是如何呢？」

「……」

「不僅如此，媒體也會趁機調查貴補習班的經營狀況。現在的新聞媒體其調查能力遠遠超過警方，若被他們鎖定，到時候貴補習班就會被像螞蟻般聚集的記者包圍得水泄不通。」

「我們補習班是正派經營，可沒有見不得人的事情。」橋田憤憤不平地說。

「若是沒有最好。可是您總不希望被媒體胡亂報導吧？而且學生人數也會因此減少。為了防止那樣的事情發生，您付給澄江一千五百萬圓是值得的。」

「嗯，我知道了。」橋田用力拍著桌面。「……我會按切結書上的日期付款，不論是妳或澄江都可以來取款。」

「澄江不會來。事情搞到這樣，她也不想與您見面了吧？由我代理來取款即可。」

橋田氣得又別過臉去，一幅悉聽尊便的模樣。

「橋田先生，我已經說過好多次，我是代替澄江爭取她的權益。」元子把菸蒂輕輕地捻熄在菸灰缸裡。「接下來，談談我的要求，請您仔細聽明白。」

「什麼？」橋田用鄙夷的口氣回答道。

「澄江說，即將歇業的『梅村』已經被您買走了？」

「澄江這女人真是大嘴巴！我買了，那又怎樣？」

「請您把買下的『梅村』轉讓給我。」

元子直視著橋田，只見橋田不由得發出冷笑。

「難不成妳要接下『梅村』開起餐館嗎？」

「當然不是，我只是希望善加活用那塊土地。」

「妳整個腦袋只想著做生意。我不知妳在想什麼，但我明白告訴妳，『梅村』的地點不適合開酒店，周邊環境還不成熟。」

「這個我知道。」

「噢，是嗎？那麼，為參考起見，妳打算用多少錢買那塊地？」

橋田說得斬釘截鐵，充分顯示出自己是土地所有者的自信。

——「赤坂四丁目四十六號，地號壹柒陸參捌號，面積壹佰玖拾捌平方公尺」的土地所有權，已於昭和五十四年四月十九日移轉登記到「品川區荏原八丁目二百五十八號　橋田常雄」的名下。元子已經從法務局港區地政事務所的土地登記簿中得到證實。

「我希望用五千萬圓買下那塊地。」

「五千萬圓？」橋田險些叫出聲來。「妳有沒有搞錯呀，那塊地的地價每坪得要二百八十萬圓呢，六十坪少說也得一億六千八百萬圓耶。」

「請您用市價三分之一的價格讓給我。我無法一次付清全部款項，所以請您讓我分十五年每月攤還。」

「十五年每月攤還？」橋田露出驚愕的表情。「喂喂，妳頭腦是不是有毛病啊？這豈不是免費贈送嗎？難不成妳瘋了？」

「我的頭腦既沒毛病，也沒有發瘋。我希望這是正式的交易。」

元子把手提包拉近身旁，從裡面拿出一疊資料。

「請您看一下這個東西，這是某個人複印給我的資料。」元子把那疊紙張放在桌上。

橋田興致索然地拿起一張紙，看了一眼便立刻露出驚訝的神情，像發條似地彈跳起來，把椅子弄得碰碰作響。他宛如半夜撞鬼似的睜大雙眼，逐張翻閱，緊盯著上面的文字，眼瞼和手指不停地顫抖著。

「您看了上面的筆跡，大概知道是誰寫的吧？」元子微笑地說道。

「嗯，是江口虎雄……」

「這些學生家長的相關資料就是立著那裡的雕像——對貴校功勞卓著獲二等勳章的已故江口大輔參議員——的叔父，同時也是貴校前校長江口虎雄老師所寫的。」

「……」

「這列表上寫的就是那些利用黑錢讓自家子女走後門入學的家長資料，請您過目一下。開頭是這樣寫的：『十月十一日。學生土井弘夫，為土井信勝（五十八歲）的次男，其父在熊本市藪內町八六二號開設婦產科醫院已有二十三年歷史。之前與橋田理事長有過數次接觸。當天晚間七時許，在都內銀座的『帝京飯店』與橋田共餐，橋田當場收受金錢。對方並購買了二百萬圓『醫科大先修班』的債券。依照行情慣例，橋田收取了債券的三十倍金錢做為關說入學的費用，根據推測，橋田已收受六千萬多圓。』我已經把這些證詞背下來了。」

「真是謊話連篇！」

「還有：『十二月二十一日。學生古河吉太郎，為古河為吉（五十六歲）的長子，其父在大阪市北區連雀町二六二號，開設整形外科醫院已有十七年歷史。以前與橋田有過十幾次接觸。當天晚間七時許，在都內赤坂的高級餐館『梅村』共餐，橋田當場收受金錢，對方並購買三百萬圓『醫科大先修班』的債券。根據推測，橋田收受的金額超過九千萬圓。』」

「妳少瞎扯了！」

「我還背下這麼一段喔：『一月三十日。學生植田吉正，為植田吉太郎（四十九歲）的長子。其父在福岡市久住町二八四號，經營婦產科醫院已有十八年歷史。當天傍晚六點，在赤坂的高級餐館『梅村』共餐……』」

「妳把東西拿開！這全是造假，我不想看這些假資料！」

橋田把那疊資料狠狠地摔在桌上，氣得臉紅。

「噢，是嗎？」元子緊盯著橋田的動作說道。「……可是，根據我的瞭解，江口虎雄先生僅有『醫科大先修班』校長的虛名，並沒有真正的實權。您為了討好江口參議員，特別為他叔父安插上校長這個位子。您這個人做事專斷獨行，從來沒跟江口校長商量過，但江口虎雄先生是個正義之士，他對您的做法很不以為然，於是暗中調查您的行動，具體地記錄下來，像這樣的紀錄共有兩冊。」

「……」

「難道這些都是江口虎雄先生胡扯瞎編的嗎？」

「嗯……」橋田沒發出聲音，只在嘴裡哼吟著。

「資料如此具體詳實，我認為不是空穴來風，而且拿出鉅款關說的家長，全是整形外科和婦產科的醫生。他們大都是靠自費名義賺滿荷包，儘管冠冕堂皇說是保護母體，其實就是墮胎。又或是像整形患者前來就診，必定有各自的苦衷，大都不希望被別人知道，因此醫生當然樂得不把這些收入記在帳簿上，病歷表更是可有可無。即使病歷表有漏餡之虞，為了逃避國稅局的追查，早就燒掉了。換句話說，與逃漏稅有關的任何證據都不可能留下。」

這方面的知識，元子多半是從中岡市子那裡聽來的。中岡市子現在在做什麼呢？此時元子腦海中掠過她的身影。

「從這些資料來看，我仔細算了一下，已付出鉅款的學生家長，目前為止就有二十五人之多。最近家長拿出的金額愈來愈高，主要是因為通貨膨脹和升學競爭的關係吧。難道這些資料全是子虛烏有嗎？」

橋田始終雙眼通紅地瞪著天花板，不發一語。

「人的怨恨實在可怕呀，尤其老人的恨意更是恐怖。橋田先生，您大概做夢也沒想到江口老先生會留下這些資料吧？」

「這些資料妳從哪裡弄來的？」橋田終於開口，用沙啞的聲音問道。

「恕難奉告。」

「我真想誇妳幾句，其實不用問我也知道始作俑者是誰。」

「噢，是嗎？」

元子心想，毋庸置疑，橋田懷疑安島富夫。

「他好像帶妳去過江口老先生家裡，見過老先生了嗎？」

「我沒見到老先生，這資料是他媳婦借我複印的。」

「噢，是他媳婦借妳複印的嗎？哈，哈哈哈。」橋田突然笑了起來。

「有什麼奇怪的嗎？」

「我是在笑妳呢。」

在元子看來，橋田的突然發笑顯然是為掩飾他的尷尬。

「橋田先生，我再讓您看一份資料。」

元子從手提包裡拿出另一份資料，共有六張訂在一起。

「請您仔細看清楚，這是我委託青山的東洋徵信社所做的調查報告的複本。也就是江口先生筆記中的那些醫生往來銀行的資料。」

一聽之下，橋田似乎更為震驚，拿著資料的手指微微地顫抖著。

「您也知道，這些醫生至少跟五、六家銀行有來往，為了掩飾逃漏稅，絕對有人頭帳戶和無記名存款。他們之所以能輕鬆地拿出七千萬、八千萬或將近一億圓，讓自己的兒子進入醫科大學就讀，正是因為有這些秘密存款。國稅局若知道他們花大把錢關說入學，絕不會坐視不管，到時候必定會使用司法調查權，徹底地調查各銀行的人頭帳戶和無記名存款的流向。江口先生的筆記和東洋徵信社所做的調查若同時流到媒體手上，事態之嚴重可想而知啊！」

元子說到「流到媒體手上」這句話時，特別加重語氣，聽來頗有要故意放出消息的意味。

「到時候，已撈到好處的各大學的理事和教授就不得不引咎辭職，而學生家長逃漏稅若因此曝光，事情就麻煩了。不用說，橋田先生您將因為侵佔和詐欺罪嫌遭到逮捕，這家『醫科大先修班』補習班便告瓦解。橋田先生，相比之下您把『梅村』那塊地讓給我根本不算賠本。」

橋田常雄頹然地垂下頭來，元子彷彿看見他的面前升起一面白旗。

19

「本月十七日，大阪市天王寺區東津町二十之四七號的中田外科醫院的院長中田義一（五十七歲）因短報申報所得，被大阪地檢署特偵組依違反所得稅法罪嫌逮捕。據瞭解，兩年來，該院逃漏稅金額高達三億圓。

特偵組指出，中田義一於昭和五十二年三月，向天王寺稅務署申報昭和五十一年度所得稅時，實際上約有三億圓的收入，按理必須繳交一億六千九百萬圓的所得稅，但其申報所得卻只有七千萬圓，逃漏稅金額達一億五千萬圓。去年三月，該氏申報昭和五十二度所得爲七千八百萬圓，同樣疑似逃漏稅一億五千萬圓。

該事件經國稅局調查後，緊急向大阪地檢署舉發，但中田義一卻全盤否認。」

元子喝著熱茶，慢慢地讀著今天的早報。

彷佛盛夏已至，晨光從公寓窗外灑了進來。在陽光照射下，幾隻鳥兒泛著亮光飛掠而過。山丘下的後方樹林棲息著許多鳥兒。

元子心想，他們的做法都如出一轍嘛。想必許多醫院的經營者正關切地閱讀這則報導吧？依這種模式逃漏稅的醫生肯定嚇得半死。確切地說，正因為中田院長堅決否認國稅局的逃漏稅指控，國稅局才會向地檢署舉發。

元子突然想起，當時正因為東林銀行千葉分行的藤岡經理和村井襄理害怕事態這樣發展下去，才無奈地默認她盜用公款七千五百六十八萬圓的事實。想到這裡，她感到快意不已。當時為此總行派出了顧問律師，但只要她手上握有違法存款的資料複本，他便無從出手。

——律師先生。您要是拖拖拉拉不處理我的問題，這件事早晚都會傳進國稅局和警察的耳裡喔……

元子這番話，讓律師不得不做出判斷，轉而催促分行經理和襄理接受她的要求。

——襄理，三年前我就有這樣的想法了。原本我打算一直待在銀行工作，可是我改變心意了。

元子離開半年後，藤岡經理和村井襄理被調往其他分行，聽說是降級調職，顯然是因為女行員私吞公款遭到懲處。儘管如此，元子一點也不替他們可憐。

有關他們兩人的消息，元子是從前同事那裡意外得知的。那天，她在赤坂見附地下鐵的月台上，巧遇東林銀行千葉分行的同事柳瀨純子。她比元子小十歲，在銀行待不到兩年即因為結婚而辭去工作。她原本長得甜美可人，現在卻顯得面頰瘦削，顴骨突出，一臉滄桑。

——聽說藤岡分行經理死於外調的地方。一年前，村井襄理從千葉分行調到九州大分縣的中津分行當襄理，但沒多久就退休了。聽說他目前在東京的某不動產公司上班。

元子為柳瀨純子的丈夫發生車禍癱倒在床的境遇感到可憐，卻對前上司的境遇不予同情。

一切進展都非常順利。

元子要脅楢林院長時的情況也是。她從中岡市子那裡拿到楢林謙治人頭帳戶的一覽表。不用說，那都是逃漏稅所得。她把那些資料全抄寫在記事本裡——這就是她的「第二本黑革記事本」。

——院長，您的秘密帳戶裡有三億二千五百萬圓。這些是您六年來分別在二十幾個銀行分行以人頭帳戶或無記名存款的總額。

他們在湯島的賓館時，元子抓住楢林好色的弱點藉機要脅成功。當時楢林院長宛如遭到雙重打擊。

不僅總額而已，元子的記事本裡還詳細寫明銀行、人頭帳戶與存款金額。

——我知道了。就依妳的要求，我給妳五千萬圓。

楢林院長幾乎是痛苦萬分擠出這句話來的。事實擺在眼前，他想耍賴也無從辯解。

妳這女人也真厲害哪。

他悔恨地流下眼淚，宛如被逼上絕境卻無從反擊。

不管是村井襄理罵的「厚顏無恥的女人」，或是楢林院長說的「厲害的女人」，元子都不以為然。她認為這是心境的自然轉變。她的容貌和身體都沒改變，這些想法和手段就像年歲增大般那樣順乎自然流入腦中。而且她的心境本性也沒改變，還保持著二十一、二歲時的想法。

在那之後，事情進展順利。

首先是島崎澄江跑來「卡露內」求職，簡直是給元子帶來了福運。此外，元子還要感謝已故江口議員的秘書安島富夫帶她到江口議員的叔父江口虎雄家裡，借到江口虎雄暗中蒐集的資料——這就是她的「第三本黑革記事本」。

安島曾說江口虎雄雖然掛名「醫科大先修班」的校長，對橋田的做法卻不能苟同，便於任職期間悄悄把這些不法行徑記錄下來，其可靠性非常高。於是，元子拿這些資料委託徵信社調查出資的學生家長與銀行的往來情形。那些能拿出鉅額捐款的醫生，就如同今早報紙報導的中田院長那樣，都是嚴重的逃漏稅者。

那時橋田常雄之所以屈服，正表示元子握有的資料屬實。傲慢的橋田終於寫下「切結書」，答應把那筆赤坂四丁目四十六號，一百九十八平方公尺的土地轉讓到元子的名下。

橋田必須確實履行。倘若他超過期限還遲遲不履行，元子揚言要把這致命的資料向媒體披露。橋田宛如被元子勒住脖子似的，但是他應該不敢告元子恐嚇，因為比起「醫科大先修班」將因此崩盤和斷送前程，這個代價還算小了。

「梅村」這塊地市價一億六千八百萬圓。目前，元子手上約有五千萬圓現金，那是從東林銀行千葉分行「拿到」的七千五百萬圓，以及向楢林院長勒索的五千萬圓加起來後，扣除經營「卡露內」的支出剩下的餘額。如果把「卡露內」頂讓出去，最近物價上揚，不乏買家，至少能賣到二千萬圓，這樣她就有七千萬圓的現金。若加上「梅村」的預估賣價一億六千八百萬圓，加起來就有二億三千八百萬圓。再仔細精算一下，她已從橋田那裡拿到要付給島椅澄江的一千五百萬圓，按照約定只要給澄江五百萬圓，她還可以拿到一千萬圓。

一切事情都進展順利，可說是一帆風順吧。

三天前，獸醫牧野居中牽線把元子引薦給永島洋酒供應商的老闆。

「『魯丹俱樂部』的社長確實想把那間酒店轉讓出去。不過，外界還不知道這個消息。因為我們是洋酒供應商，比較瞭解酒店的內情，所以社長就悄悄地找我商量。」額頭寬廣、五十開外的老闆永島徹五郎，對著連袂來訪的獸醫和元子說：「……這個消息絕不能洩露出去。當然，這一帶的房屋仲介商尚不知情，若是被他們知道，就會傳得沸沸揚揚。總之，目前只是社長悄悄地向我透露要賣的意向而已。話說回來，牧野醫生您真是千里耳呀，想不到您對銀座的業界動態如此瞭解，真叫我佩服哪。」

永島老闆睜大眼睛看著元子身旁的牧野。

只見獸醫哈哈笑個不停。

「雖說『魯丹』的社長想要賣掉那間酒店，肯定也不便宜吧？」元子誠惶誠恐地問道。

畢竟「魯丹」是間大格局的豪華俱樂部，據獸醫牧野的推定，少說也要二億圓……

「賣價多少我尚未聽說，但應該不會開價太高吧。長谷川社長一直夢想當個房地產大王，他想趁這機會與特種營業切斷關係，專心經營公寓事業。所以，我認為他會便宜地把『魯丹』賣掉。」

獸醫曾向元子說明，「魯丹」位於銀座的精華地段，營業面積約有四十坪，店長和總經理各一名，副總經理二名，營業經理、會計經理、採購經理各一名與三名調酒師，男服務生七、八名，加上三十二、三名陪酒小姐。光是聽到這樣的陣仗，就叫人眼花撩亂。

然而，正因為「魯丹」的陣容龐大，才勾起元子旺盛的企圖心。至今一切事情都進展得非常順利，就連波子那間位於原宿的「聖荷西俱樂部」似乎也只是過眼雲煙。她覺得自身彷彿得到什麼神秘的力量，人在走運的時候真是勢不可擋，什麼困難都能輕易過關。

三天前，永島老闆告訴元子，他會把她的意願知會長谷川社長，並幫她詢問「魯丹」的開價條件。昨天晚上永島老闆打電話到「卡露內」，告訴元子長谷川社長想與她當面談談，指定今天下午三點見面，地點就在「魯丹」的辦公室。

中午過後，元子隨即走出公寓。時間尚早，前往銀座之前她想先去一個地方。她乘電車來到涉谷車站，在車站前搭上計程車。她想去的地方剛好位於兩站之間，若搭乘地下鐵再走過去，身穿和服走起來有點不方便，因此改搭計程車去。

豐川稻荷神社座落在青山往赤坂見附的斜坡上。它高高的石牆猶如河邊的堤岸，本殿的屋簷下掛著整排用毛筆寫著「豐川稻荷」字樣的紅燈籠。神社內的茶店也掛著同樣的紅燈籠，乍看彷彿歌舞伎舞台般的華麗。

正面看去，本殿的屋頂是山形牆式建築，紅色的鳥居座落在一旁的柵欄內，狹小的石階參道兩旁立著許多畫著火焰寶珠的旗幟。往上走去，正面有間小祠堂。

元子蹲在小祠堂前，雙手合什。

豐川是幸運之神。

元子閉上眼睛，在心中虔誠地祈禱著：神啊，請保佑我今天與「魯丹」的社長談判順利，賜給我更多的好運，讓我的酒店生意更加昌隆。

神社境內佔地出乎意料的寬敞，卻不見參拜者的身影。兼營販賣部的茶店人員，遠遠地凝視著蹲著祈禱的元子。孩童們在附近嬉鬧著。元子依舊虔誠地長禱著。

元子站起來，又參拜了一次後往鳥居的方向走去。在此俯瞰赤坂見附，看去宛若山谷。Y飯店較立體交叉陸橋高，探出其上，站在這裡彷彿可以看到澄江與橋田幽會偷情的九六八號房的窗戶。元子想，這個小小的發現也算是給自己增添了一點好運吧。

從那以後，安島再也沒跟元子聯絡。元子也不想跟那種男人糾纏下去，那次就當做是她不小心失足。她得感謝這樣的偷情僅只一次即告結束，若是跟安島繼續下去，後果恐怕很難設想。

沒錯，是安島把她從性的禁錮中解放出來，而且是在她年華正茂的時候，正因為這樣，使得她的性慾更加旺盛。不過，女人若痴心愛上一個男人，始終無法忘懷，完全把自己奉獻給男人的時候，這個女人便即將走向滅亡之途。因為這樣一來，所有的算計和理性都將土崩瓦解，猶如走向絕命的深淵。想到這裡，元子便非常感謝安島瞧不起她那晚的反應。

元子走在東銀座的某間旅館後的街道上，這一帶瀰漫著住商混雜的氣氛，附近仍有幾棟老舊的大樓。以銀座來說，東邊的發展比西邊來得晚，因此行人稀少，每走到這裡便恍若走進地洞，令人感到有些淒涼。

獸醫牧野依約為元子帶路。他邊走邊熱心跟元子閒聊。

「之前，常去您店裡的楢林婦產科的院長，怎麼最近都不見他人呢？」獸醫這樣問道，讓元子頓時緊張起來。

牧野果真通曉酒店業的動態啊。元子猜想，也許獸醫已經知道她跟楢林之間的事了。不過，她又想，獸醫不可能知道。當時只有他們兩人單獨前往賓館，店裡的陪酒小姐也不知情。就算獸醫的消息再怎麼靈通，也不可能憑空知曉。

「楢林醫生好久沒來了，他還好嗎？」元子語氣平靜，若無其事地問道。

獸醫曾說他通曉醫生之間的消息。

「說來楢林醫生也蠻可憐的。」獸醫神情暗淡地說道。

「什麼蠻可憐的？」

「媽媽桑，您沒看到楢林婦產科醫院因逃漏稅兩億圓，被國稅局舉發的報導嗎？」

「嗯，聽您這麼一說，我好像讀過這則報導。」元子含糊地回答道。

做為酒店的經營者，元子時常提醒自己盡可能不要談到客人的「負面隱私」，因此談到這個話題時，露出有點難以啟齒的神態。

「是啊，媽媽桑，從那之後，楢林醫生好像開始走霉運似的。聽說自從報紙登出他漏稅的消息後，醫院的信譽嚴重受損，患者少了大半。」

「怎麼會呢……」

「不，這是真的，這就是日本人的反應。只要聽到那間醫院逃漏稅，便認為那是缺德的醫院；而缺德就讓人聯想到醫術可議。日本人最講究人格的清白，尤其對拯救人命的醫生更是這樣要求。」

「……」

「聽說楢林醫院的空床愈來愈多，再這樣下去，只好縮小醫院的規模了。」

「哎呀，情況那麼糟糕嗎？」

「當然囉。逃漏稅兩億圓被追繳得加重罰款，換句話說，白花花的一億四、五千萬圓就這樣送給了國稅局。縱使平常有點積蓄，醫院的經營終究會陷入困難。」

元子心想，楢林還藏匿著許多財產，就算他得多繳交一億五千萬圓，也不會倒閉，但是她不能把這秘密告訴獸醫。

「國稅局真是恐怖啊！聽說最近許多醫生，尤其是婦產科、外科或牙科醫生都被列為重點調查對象，遭到國稅局鎖定的楢林醫院算是運氣不佳吧。」

元子突然想到，楢林八成會認為有人向國稅局檢舉，而密告者就是元子，因為只有她知道他持有人頭帳戶和無記名存款，並要脅他。

「哎，總之……」獸醫繼續說道：「曾經生意鼎盛的楢林婦產科醫院，還是難逃衰敗的命運，開始走下坡了。」

楢林大概會認為這都是元子造成的，恨不得把她剁成兩半。元子心想，你要恨就恨吧。我不需要辯解，你要怨恨我也無可奈何。

「這樣一來，豈不是要縮減護士的人數？」元子故意旁敲側擊打聽護理長的消息。

「醫院編制一旦縮減，護士等相關人員也只好跟著減少。不過他們醫院有個資深的護理長，就算少四、五名護士，大概也沒什麼影響。」

「那個護理長那麼優秀嗎？」

「她已經在楢林醫院待了二十年了。這也是我聽來的，聽說楢林醫生跟那護理長有過一腿呢。呵，呵呵呵。不過，這很難證實啦。」

「……」

「聽說那個護理長曾一度辭去工作，但現在又回到醫院了。」

中岡市子果真回到楢林醫院了，這算是中年女人的宿命吧。

「話說回來，楢林院長的流言滿天飛，您的前途卻是愈見光明。看來『魯丹』將落入您手裡，媽媽桑，您真是厲害呀，今後您的前途絕對是不可限量啊！」獸醫帶著驚嘆的目光看著元子。

「哎呀，您這樣說真是折煞我。而且我是否能買下『魯丹』還是個變數呢。」

「不，這次談判絕對會成功的。」

「如果真能順利談成，一切都要歸功您的居中引薦啊。」

「您過獎了，我只不過是把聽來的消息傳達給您而已，談判還是得靠媽媽桑的手腕，我只有退到一旁的份呢……。哎呀，我們這樣一路聊著，轉眼間已經到了。媽媽桑，就是這棟大樓。」

獸醫指著的「英泉大樓」是棟老舊的五層樓建築。白牆不僅已經變成灰色，在煤煙和雨水的浸蝕下甚至暈染出髒污的雲形模樣。這是棟老舊的建築物，窗戶很小，屋簷下已出現幾道裂痕。

「魯丹」的辦公室竟隱身在這破舊的大樓裡，跟豪華的酒店比較起來，確實予人意外之感。但這是外行人的想法，其實近來已經很少有酒店經營者把辦公室設在銀座的酒店街上，因為酒吧和夜總會等登記科目為酒店的場所如雨後春筍般冒出來，辦公室只好順應情勢移到偏僻的地方。

「那麼，我先告辭了。媽媽桑，祝您成功！」獸醫說完，踩著忸怩的步態消失無蹤。

「魯丹」的辦公室在這棟英泉大樓的三樓。洋酒供應商永島已經跟長谷川庄治社長聯絡過，幫元子約好今天下午三點來此見面。這是第一次會商，因此來這裡之前，元子還專程到赤坂的豐川稻荷神社參拜。

元子搭著老舊的電梯直達三樓，不知道一、二樓裡有些什麼樣的公司進駐。走出電梯之後，步上階梯的轉角處，只有那裡設有窗戶。從那狹小的窗戶望出去，可以看到接連不斷的民房屋頂以及其他大樓。走廊直通到底，兩側有四、五間辦公室，天花板上的燈光暗淡，走廊的水泥牆已出現裂痕。

左前方的門旁掛著「長谷川貿易股份有限公司」的木牌，它就是「魯丹」的正式公司名稱。

元子輕按門鈴後，稍微把門推得半開，擁擠的房間裡有四張桌子，分別坐著男女職員，但是他們並未朝元子看上一眼。

「打擾了，敝姓原口，請問社長在嗎？」元子朝坐在最前面的女職員招呼道。

那個女職員正在整理傳票，默默地向對面的男職員示意，男職員這才看著元子，從座位上站了起來。

「您是原口小姐嗎……」

「是的，我是原口元子。我與社長約好了。」

「啊，是嗎。請進來。」

男職員點著頭請元子進來，看來長谷川已經交代職員了。

男職員走在前頭帶路朝裡面走去，元子跟在後面，若無其事地察看辦公室裡的狀況。兩個女職員正在整理傳票，另外一個女職員則忙著寫請款單，而那個男職員的桌上攤放著一本帳簿。這時，三個女職員抬起頭來目送元子的身影。

男職員打開一扇門，門後的房間裡擺了三張大桌子，只見一個男子正在打電話。帶路的男職員繼續朝正面深處的門走去。

元子聽到那個手握話筒，三十出頭的斜肩男子對電話彼端的人說道：「昨晚妳到底怎麼了……，妳感冒了？哎呀，要多保重身體。那今天可以上班嗎？」

那男子似乎是酒店的總經理，正在跟昨晚缺勤的小姐聯絡。如果是「卡露內」的小姐發生這樣的事，元子絕對會親自打電話瞭解狀況；雖然她也想早點把這種工作交給屬下處理。

男職員把最後一道門打開，房內牆邊有張大辦公桌，前面有套會客用的桌椅，這裡是社長室。裡面沒有半個人。雖說長谷川貿易股份有限公司規模不大，卻也在這棟大樓裡佔了三間辦公室。

「社長馬上就來，請您稍等一下。」男職員請元子坐定後便離開。辦公桌上放著電話和資料夾，後面的牆邊則擺著保險箱和書櫃，上頭只排放著幾冊茶色的帳簿。牆上沒有掛上任何畫作，白牆已見斑點顯得單調寒傖，室內唯一的色彩是花紋模樣的窗簾和桌上擺的一朵花。

「魯丹」並非經營不善。店裡的裝潢富麗堂皇，辦公室則簡單樸實，這就像晚上濃妝艷抹身穿漂亮和服的女人，其實白天在家裡是個皮膚黝黑只穿著簡便衣服的女人。

隔壁傳來腳步聲。互道「早安」的招呼聲不絕於耳。「魯丹」有多名專職不同事務的男幹部，也許就是他們在互道早安。下午三點半，剛好是他們上班的時間。

門打開了，一個身穿白衣身材微胖的男子走了進來。元子知道來者是社長，連忙站了起來。

「不好意思，讓您久等了！」男子先到桌前朝桌上的資料瞥了一眼，再回到元子的面前。「您好，我是長谷川庄治。」

長谷川約莫五十歲左右。方臉，鼻翼有顆黑痣，五官並不立體，好像被鐵鎚敲得凹陷下去似的。半白的長髮往後梳，顯出幾分年輕氣息。右頰有點歪斜，好似顏面神經痲痺。

「我是原口元子。這次承蒙永島先生居中介紹，今天特地來拜會社長您。」元子恭敬地欠身問候，拿出在高級禮品店所買的點心禮盒。「請笑納！」

長谷川請元子就坐，他自己則與元子對面而坐。他從白衣口袋拿出菸斗，用英國製的打火機斜斜地點燃菸草。他的右頰抽動了一下，隔著青煙以單眼瞄著元子。

「永島先生大概已經跟您提過我的來歷，我在銀座某棟大樓的三樓開了家叫『卡露內』的小店。」

元子當下報出自己的來歷。她之所以省略時令寒暄，與其說是察覺到對方忙碌，不如說是覺得這樣開場可與對方保持對等地位。「魯丹俱樂部」是夜總會式的大型酒店，像「卡露內」那種近似吧檯式的酒店，根本無法與它相提並論。元子非常清楚這兩者間的差異，所以不得不這樣向長谷川庄治表示。

元子無論如何都想買下「魯丹」。為了達成目的，必須在初見面時盡可能博取長谷川社長的好感。

長谷川並非公開表示要賣掉「魯丹」，也不會賣不出去，他只是想專心經營公寓事業，說不上或許哪天突然念頭一轉，打消此意也說不定。對元子來說，這次會商顯得格外慎重。

「像我們這種開小酒店的人，最嚮往能擁有像『魯丹俱樂部』那樣的酒店呢。我這樣說也許有點不自量力，但我一直希望哪天能實現這個夢想，並以此為目標，兢兢業業打拚至今。」

「謝謝您的誇獎。」

長谷川抽動著臉頰吸著菸斗，頗有社長的威嚴，但其偶爾抽動臉頰的模樣，卻讓看者感到在意。

長谷川以右眼看著元子，彷彿在觀察似的。

「媽媽桑的店在銀座經營幾年了？」他的嘴角堆起微笑溫和地問道。

「一年半左右。」

「噢，那麼短啊？」長谷川似乎頗意外，睜大另一隻眼睛。「……聽說您有意要買下我的酒店是嗎？這消息是永島告訴我的，我還不敢置信呢。媽媽桑很會經營酒店嘛！」

長谷川說的是標準東京腔，但語尾卻帶有關西腔特有的柔軟語調。獸醫曾說過他是大阪人。

「不過，既然您有意接手我的酒店，肯定賺了不少錢吧？」

元子認為，長谷川這句話是意有所指，也就是說，他質疑元子買酒店的資金從何而來。他似乎在試探她背後的金主是誰。依常理判斷，就算經營一家小酒店十年，也絕無能力買下像「魯丹」那樣的豪華酒店。他必須弄清楚元子幕後金主的來歷，才這樣拐彎抹角地暗示。

「店裡的生意尚過得去。我手邊有點積蓄，大概存了二億圓左右。」

元子這樣說是在暗示她背後並沒有金主，而且手邊有鉅額存款，以此讓對方安心。

「哇，媽媽桑真是有錢哪。」

「這點錢不算什麼啦。一個女人家總希望自己的店能擴大經營，所以身邊總是要準備點錢嘛。」

「噢，原來如此。」

「不好意思，恕我直言，請問『魯丹』能轉讓給我嗎？」

「……」

長谷川把菸斗裡的灰渣倒進菸灰缸裡，然後慢慢地從皮袋中抓出一撮菸絲，塞進菸斗裡。這一串緩慢的動作，毋寧是在拖延答覆的時間。

「對不起，請問您有合資者嗎？」

長谷川似乎還在懷疑元子有幕後金主，於是間接地問道。這也難怪，因為幾乎所有的酒店媽媽桑背後都有贊助者。

「沒有，是我獨自出資。」

「那麼，有沒有諮商的對象？」

「很遺憾，沒有耶。」

接著，元子探看著長谷川的眼神，說道：「我希望社長您當我的諮商對象。」

「咦？要我當您的諮商對象？」長谷川的臉頰猛地抽動了一下。

「是的，假如您願意把『魯丹』轉讓給我……，這只是假設性的說法。坦白說，突然掌管這麼豪華的酒店，我也不知道該如何是好，光是新招募三十個陪酒小姐就是件難事。而且要付給紅牌小姐的定金，也是一筆龐大的費用。」

元子繼續說道：「然後，還要從其他酒店挖角或募集到有才幹的經理、手藝精湛的調酒師、反應機敏的服務生、可信任的會計人員，以及熟悉作業流程的職員，是件浩大的工程呢。」

「說得也是。」

長谷川似乎察覺到元子要說什麼似地等待著。

「所以，我打算按您開的價錢買下長谷川貿易股份有限公司的所有股票，這樣我就能直接接收這些員工。」

「您的意思是社長交替囉？」

「簡單說，是這樣沒錯。不過，這必須極機密地進行。」

這是元子想出來的提案。

在銀座有所謂「頂讓」的買賣方式，但對方多是處於停業狀態，雙方再就酒店裡的設備和裝潢進行評估折讓。然而若是生意興隆的酒店，就很難估價。

「完全」買下長谷川貿易股份有限公司的好處非常多。買下豪華的大酒店，不只它的聲名響亮，以前的熟客基於人情義理多少會回籠光顧，雖然能否持續還很難說。「魯丹俱樂部」的聲名遠播，元子看準的就是它的招牌，等經營步上軌道，穩定發展幾年後，再依自己所願更改店名。

直接接收所有員工的好處，元子已告訴長谷川。不過，股權的轉移買賣，必須秘密地進行。因為若有任何消息走漏，那些陪酒小姐便會像憑直覺察覺要沉船的老鼠般逃竄。這樣一來，元子不但無法應付，長谷川社長也丟不起這個面子。而且首當其衝的是應收帳款可能收不回來，所以元子就此特別叮嚀。

元子告訴長谷川，她會堅守這項秘密，直到公司轉移到她的名下為止。

「到時候，您再召集所有員工，我們兩位前後任社長站在講台上，友好地向大家宣佈，今後您將全心投入公寓的經營，離開這個業界，後續事業則由我接手云云。然後，我會說公開請您當我的諮詢顧問，我認為這樣的交替方式最為理想，您覺得如何？」

「嗯。」長谷川抽動著臉頰嘟囔著。

「您真是聰明呀。」長谷川以嘆服的目光凝視著元子。

「您過獎了。財力不夠又想買下『魯丹』的我，也只能想出這種雕蟲小技。」

「剛才，您說要請我當諮詢對象，就是這個意思嗎？」長谷川似乎會錯意，略感失望地問道。

「是的……。不過，只要您當我的營業諮詢顧問，我個人的私事也會找您商談。」元子歪著腦袋微笑著。

「好吧，我知道了。」長谷川苦笑著點頭。

「……至於我的答覆，不能只憑我的個人意見，還得私下找會計師、店長和總經理詳談才行。」

「那當然。那麼，下次我什麼時候來拜訪比較方便？」

「再給我一個星期的時間。」

「一個星期後我再來叨擾，謝謝您！」元子起身對方臉的長谷川欠身鞠躬。「社長，請您多指教了。」

一個星期匆匆過去。即使每天的生活沒什麼變化，但思慮過多就會覺得時間過得很快。

下午一點，元子打電話到長谷川貿易公司。一星期前她已跟長谷川社長約好下午三點見面，她想再確認一下。她撥打的是社長名片上的專線電話。

接聽電話的是一名男子。

「您是原口小姐嗎?社長外出還沒回來，請您稍等一下。啊，社長有留字條：下午三點，原口元子女士來訪。沒錯。社長既然已經留言，三點以前肯定會趕回來。期待您大駕光臨。」

那男子可能是元子上次在辦公室看到的身材瘦削的總經理。

元子跟上次一樣打扮樸素地出門。這次會商非常重要，樸實的穿著比較適合洽談生意，也不致於自我鬆懈。當她對著鏡子略施淡妝時，長谷川庄治那間歇性抽動臉頰的面孔又浮現了出來。

今天元子沒有去赤坂的豐川稻荷神社參拜，直接前往銀座。她想，即使再去神社參拜，幫助也是有限。

她走出地下鐵銀座站時已是下午兩點多。不過從此走去東銀座的「英泉大樓」很近，離約定的時間尚早。她隨便走進一家咖啡廳，與長谷川庄治談判之前，她必須讓自己冷靜下來。

深長的牆上掛著十幾幅八號大的油畫。這家咖啡廳即所謂的咖啡藝廊，那些畫著風景、裸婦或靜物的畫作色彩各異，但似乎是出自同一名畫家之手。以原色為基調的畫作在暗淡的店裡顯得格外醒目，宛如燈光般燦亮，不禁令人聯想到「魯丹俱樂部」。

元子認為，上次長谷川說他想考慮一下，叫她一星期後再去，便表示他有意轉賣。這點從他當時的表情即看得出來。

所謂「考慮一下」，想必是在研擬如何「出售」。換句話說，他正在研究元子提出的方案，亦即用讓渡長谷川貿易的所有股份的方式將「魯丹」轉讓出去。

這一個星期以來，元子拚命盤算著「魯丹俱樂部」到底值多少錢。現在她邊欣賞著牆上的裸婦畫作，邊琢磨最後的定案。雖說不知雙方誰會先開價，剛開始難免討價還價，但她仍希望儘早談出個眉目來。

「魯丹俱樂部」的營業面積約有四十坪，如果有三十名陪酒小姐，那每月的營業額大概有四、五千萬圓左右。以銀座的情況而言，應收帳款的期限為七十天至七十五天。這樣一來，應收帳款恐怕會超過一億圓。

接下來還有權利金。以「魯丹俱樂部」來說，每坪權利金約為一百萬圓，這樣賣方可能會要求買方支付四、五千萬圓的權利金。而且還要包括付給酒店小姐的簽約金和定金。除此之外，賣方還會要求買方支付「商譽」費，再加上買方得承接賣方店裡的各項設備，絕不便宜。這樣合計起來，少說也得要兩億數千萬圓。

毋庸置疑，「魯丹俱樂部」應該有向銀行貸款。一般而言，扣掉貸款即是那間酒店的實際售價。不過，長谷川很可能開出希望買方概括承受的條件。若是這樣，她到底要不要接受呢？

儘管「魯丹俱樂部」尚有貸款未還，但那應該是老闆長谷川的個人資金，以自己的財產做擔保的。元子心想，倘若她接受已有貸款的「魯丹俱樂部」，自己勢必要提供相對的擔保品。可是，即使銀行願意放款，她卻無力提供擔保的物件。

她唯一的憑藉就是手邊的現金。

目前她在銀行約有五千萬圓存款。如果「卡露內」以二千萬圓賣掉，加起來才七千萬圓而已。若「梅村」以每坪二百八十萬圓賣出，六十坪可得一億六千八百萬圓。再加上橋田付給澄江的分手費中，她多要了一千萬圓，總共是二億四千八百萬圓。總額勉強才夠賣方的實賣價格。更別提還需要週轉金呢。假如長谷川提出要她概括承受的條件，這次交易就談不成了。

這時元子又把心思動到「梅村」這塊土地。確切地說，那塊土地尚未歸她所有，十五天後，它才會移轉登記在元子名下。她從現在的土地持有者橋田常雄手中拿到的「切結書」上，記載的讓渡日期確實為十五天後。

一般人若聽到以「切結書」做擔保，通常都不會嚴肅看待。但這張「切結書」絕不是空口無憑，橋田常雄若違背約定勢必會為他帶來災難。它比即期支票來得可靠，因為她已經從土地登記簿上確認「梅村」這塊土地確實為橋田常雄所有。

儘管「梅村」這塊土地尚未真正到手，但十五天後絕對會歸自己所有，自己絕對可以確實拿到一億六千八百萬。沒有任何擔保品的她，此時只好用這筆確實的虛幻資金跟長谷川進行交涉。

在咖啡因的刺激和會面時間的逼近下，元子的心情更為緊張亢奮。眼下，她猶如划著一葉扁舟，將航向波濤洶湧的大海。

20

元子被帶到「長谷川貿易股份有限公司」的社長室裡。辦公室裡的情形跟一星期前沒什麼兩樣。兩個女職員正在整理傳票，另一個女職員忙著寄請款單給客人，男職員則攤開進貨簿核算著，總經理拿著話筒低聲下氣地催促著小姐來上班。

唯一不同的是，社長室裡除了長谷川庄治之外，多了一個禿頭男子。

與元子寒暄之後，長谷川向她介紹這名男子是會計師，元子驚覺自己單身前來，頓時有點畏縮。她這才覺得應該帶保證人前來，也許有無保證人會影響到對方對她的信任程度。然而，長谷川一副不在乎的模樣。

「轉讓『魯丹』的事，我做了充分的考量。想來想去，還是媽媽桑您為最佳人選。」長谷川如顏面神經痲痺般抽動著半邊臉頰，口氣和緩地說道。

「感謝社長的抬愛。」

元子略感安心地點頭致意。正如她的預想，長谷川並未說不賣或說再考慮一下，這樣元子算是通過第一關了。儘管如此，長谷川尚未明確說要出售。

「在具體談到買賣之前，得先讓您看看我們店裡的經營狀態，否則無法談下去。所以我想先讓您看看店裡的總帳簿和日記簿。這些資料都已經過會計師的認證，絕對沒有問題。」

一旁的會計師微笑地點著頭。這時長谷川開始操起道地的大阪腔來，也許是因為這比用東京腔說話來得輕鬆自在，而且更能直率地表達清楚他的想法。

「原口小姐，我把這種商業上的極機密資料讓您過目，正表示我有意把『魯丹』賣給您。」

元子猜想得沒錯。

「太感謝您了！」

元子感激地點頭致意。同時她也預想到將有更多難題撲面而來。

元子審視著長谷川出示的總帳。資產負債表上密密麻麻寫著許多數字，自從她離開東林銀行千葉分行之後，好久沒查看這種複式簿記的帳簿了。

剛才在整理傳票的女職員端了紅茶進來，站在元子的背後看了一下後走出社長室。

雖說總帳簿也有記錄每日的金錢進出，但光是這樣很難看出店裡的整體狀態。若翻閱日記簿倒比較容易瞭解。

當月的營業總額、平均營業額，以及客人的人數，日記簿都詳細記載。只要查看日記簿，就可掌握店裡的現況。

當元子熟練地查看日記簿時，坐在對面的長谷川突然嘟囔了一聲。

「……媽媽桑，您以前在銀行或證券公司待過嗎？」

長谷川這麼一問，讓元子嚇了一跳。

「社長為什麼這樣問呢？」

「因為我看您在查看數字時的眼神，跟一般人很不同，好像很有經驗似的。」

「不，沒這回事啦。」元子若無其事地辯解道：「……我這間小店沒什麼人手，所以『卡露內』的帳簿、傳票以及請款單都是由我處理。看到日記簿之後，我總算弄清點眉目了。啊，當然，我的小店跟『魯丹』的營業額不敢相提並論。」

「是嗎。」方臉扁顎的長谷川說道：「那麼我來說明一下。」

「請說。」

「首先是營業額的部分，每月平均有四千四百萬圓左右。每天約有二百萬圓進帳，大概有六十五、六個客人，每人平均消費為三萬圓。目前的應收帳款大約是一億一千萬圓左右。」

這筆應收帳款約為五十五天的營業額。以這種程度來說，尚可接受。

元子認為，如果「魯丹」以這種程度週轉的話，營運尚稱正常，但是她沒有表露出來，她必須更不動聲色地詢問店裡的細部情形。

「聽說目前有三十名小姐是嗎?」

「正確地說是三十四名。平均一天的保證薪資是三萬圓，來打工的可領到二萬四千圓。在我們店裡，最高的保證薪資是十萬圓。您在銀座開店，應該非常清楚行情。」

「是啊。」元子這樣回答著，卻想如果她向「卡露內」的小姐保證每天可領到二萬四千圓或三萬圓，店裡恐怕早就關門大吉了。

「卡露內」不是指名制，「魯丹俱樂部」是，因此才有每天保證可領十萬圓的小姐。聽說在指名制酒店上班的小姐都非常賣力。

「男職員有二十二人。幹部月薪為五十萬圓，服務生月薪是十三萬五千圓。總之，光是人事費用，每個月就得花三千萬圓。」

雖然是小店，元子身為「卡露內」的老闆，對長谷川這番話深有同感。

「那洋酒的進貨量如何？」

「噢，永島沒告訴您嗎？我們店裡幾乎都是跟永島叫貨的。」長谷川露出疑惑的目光。

「沒有。雖然這次是永島先生居中熱心介紹，但我不便過問生意上的事情。」

「是嗎。洋酒的進貨量約佔營業額的百分之五，您看過帳簿的數字就知道，上個月的總進貨價約是三百一十萬圓，其中酒錢約佔兩百一十萬圓，小菜和水果加起來約一百萬圓。」

「我知道了。」

「接下來，我來談談店裡的資產。應收帳款之外，付給小姐的簽約金總額大概是四千萬圓左右。」

「是的。」

所謂簽約金，是指店家雇用陪酒小姐時一開始支付的錢，有點像是提前支付的獎金。確切地說，經過協議，陪酒小姐必須答應店家每天得做多少業績，而店家支付的簽約金即是給她們的保證與報酬。換句話說，店家用這種方式約束她們在酒店工作一年。

陪酒小姐若按當初的約定拚出業績，持續工作一年，自然不必將簽約金退還給店家。不過，如果待不到一年便自行離職，就必須依違反合約規定退還簽約金。理論上是如此，但不履行合約義務，工作不到半年即消失蹤影，也不退還簽約金的「惡性」陪酒小姐不在少數。

「那些收了我們的簽約金的小姐，以後也會留在『魯丹』上班，因此那些簽約金我認為應該由買家吸收。」

「說得也是。」

元子姑且表示贊成。雖說那些收了簽約金的小姐是否真的會依約留在店裡工作仍有疑問，但現在她先不提出異議。

「還有定金，這大概有三千萬圓左右。這是向其他酒店挖角紅牌小姐時付的前金，無利息六個月後償還。小姐將來退還的錢也屬於酒店的資產。」

「社長說的有道理。」

「接著是權利金。『魯丹』店內面積約有四十五坪，以每坪百萬計算的話，總共四千五百萬圓。順便一提，房租每坪以一萬八千圓計算，就得八十一萬圓。」

「那『商譽』費要怎麼算？」

「啊，您不說我倒忘了呢。在銀座，『魯丹俱樂部』五個字可說是響叮噹，也是業界的老字號。恕我自吹自擂，『魯丹俱樂部』可是我長年來灌溉的心血結晶，所以我得好好向您收取招牌費才行。加上店裡的設備，少說也要三千五百萬圓。」

「是嗎？這麼說，總共多少？」

「嗯，我計算一下喔……」長谷川兩眼盯著天花板心算著。「總共是兩億六千萬圓。」說完，又抽動著半邊臉頰看著元子。

兩億六千萬圓是長谷川庄治社長初次開出的價碼。從這個價碼來看，他的確有出脫酒店的意願。長谷川丟出這個價碼，一方面是要窺探元子的反應。儘管他的嘴角堆著笑容，但眼裡仍散發著生意人的銳光。

元子知道自己必須做好討價還價的準備。她試圖壓抑著不讓這股面臨決戰的緊急情緒表露出來，不過，她的腳尖卻微微顫抖著。

「……請問兩億六千萬圓是總價嗎？」

元子既不說太貴也不說便宜，而是盡量平靜地問道。

「啊，對了，另外還有貸款之類的，大概有八千萬圓左右。」長谷川回想起來似地說道：「經商做生意，總是難免要向銀行貸款。比如，付給小姐的定金和簽約金就是附帶利息向銀行借來的，但我們又不得不無利息借給小姐，實在是划不來呢。」

「您說的是啊。」

「這八千萬圓包含了我的個人資金和銀行貸款。我用房屋等不動產做擔保向銀行借了四千萬圓。」

元子心想，兩億六千萬圓扣掉債務八千萬圓，就剩一億八千萬圓。真希望能用這個價錢買下「魯丹俱樂部」。

「原口小姐，您的意見如何？銀行的貸款四千萬圓本來就應該由您概括承受，雖然跟銀行交涉有些麻煩。」長谷川故意這樣說道。

長谷川這番話，是暗指他只有向銀行貸款，並未向惡劣的地下錢莊借錢，表示這間酒店營運正常。

「可是就算我要概括承受，我也沒有不動產可給銀行做擔保。如果社長您能把店裡的貸款清償完畢，那就太感謝了。」

元子心想，買下這家條件良好的酒店後，若能因此賺錢，即使向人借貸也有能力還債，靠這些利潤買土地又能賺上一筆。

「要我把銀行的貸款還清，對原口小姐當然有利，但我可吃力呢。」

長谷川說的沒錯。

「這樣我得想辦法籌出四千萬圓來不可。我認為最好的辦法是由您的金主當貸款的擔保人。」

「上次我已經跟您提過，我背後真的沒有什麼金主，所以我才經營得這麼辛苦。」

「既然這樣，那我只好扛下四千萬圓貸款了。」

「請社長多擔待了。」元子雙手合什央求道。

「話說回來，我犧牲退讓這麼多，原口小姐也得給我些許好處才行。我希望您在兩億六千萬圓上多少再加點數字。」

「我會儘可能積極思考的。」

元子所說的「積極思考」，其實是指長谷川提出的兩億六千萬圓賣價所包含的內容。因為這是喊價，元子若能再砍價就賺到了。所以妳有必要對內容詳加研議。在元子看來，長谷川已經賣意十足，很可能因此讓步。

「至於那筆一億一千萬圓的應收帳款……」

「嗯嗯。」

「這些應收帳款不見得全部收得回來吧？我經營的小店情況已經很慘了，像『魯丹』這樣的高級酒店也難保所有的應收帳款都沒問題吧？」

「嗯，這個嘛……」長谷川露出為難的表情。

「近來因為各種問題頻生，大多數公司的交際費也跟著緊縮。看來今後的景氣將愈來愈糟，中小企業的客人不可能像現在這樣捧場，所以能否請您把價錢扣個一成？」

長谷川並未搖頭，因為他也承認這個事實。

「當然，我並不是說『魯丹』的經營有什麼問題，而是整個業界都有這樣的傾向。所以能否請您考慮一下，把您開價的兩億六千萬圓扣掉應收帳款的一成如何？」

「您的意思是要扣掉一千一百萬圓嗎？」

長谷川面有難色，不過，並沒有冷然拒絕。自從一九七三年出現能源危機之後，酒店業界長期景氣低迷，現在又面臨第二波的不景氣，將來的走向仍混沌未明，就連長谷川也不敢否定這種不安定的情勢。

「您說的也有道理。」

長谷川終於點頭了。在交涉之中，他出讓的態度似乎變得愈來愈積極了。

元子表示謝意之後，繼續說道：「接下來是有關付給小姐的簽約金……」

「請說。」

「剛才社長說過，那些拿到簽約金的小姐今後將留下來繼續工作，不過有些小姐的合約再過一個月就到期了是吧？」

「是啊，您只要查看簽約名冊就知道，每個小姐的簽約金都是按月扣減。」

「那些簽約即將到期的小姐約佔全體的四成，而全部的簽約金是四千萬圓，我希望能扣掉四成，即一千六百萬圓。」

元子的意思是，簽約即將到期的小姐，相對的工作時間也減少，因此沒有必要把全額的簽約金還給長谷川。這樣說其實有點強詞奪理。

「媽媽桑，您真會砍價呀。」

社長跟旁邊的會計師面面相覷，苦笑著承認這個折讓。

這樣一來，扣掉應收帳款中的一千一百萬圓和簽約金中的一千六百萬圓，長谷川已折讓了兩千七百萬圓。

儘管如此，元子仍認為有必要再詳細查看應收帳款的內容。雖說長谷川已同意折讓百分之十的應收帳款，若其中有很難收的呆帳，還得另外扣除。

「社長，不好意思，可以讓我看看應收帳款的帳簿嗎？」

「嗯，請看。」

長谷川從背後的帳簿櫃上抽出一本厚厚的帳冊放在元子的面前。

「謝謝！」

元子逐頁地審視，直盯著每個欄目的記載。

「社長，這個叫夢子的小姐已經休息四個月沒上班了。」

「這小姐患了肺病，之前住進了清瀨的療養院，最近聽說已經出院，不久就會來上班了。」長谷川探看著帳簿說道。

「她名下的應收帳款還蠻多的，粗估約有六百五十萬圓，看來她的客人蠻不錯的嘛。」

「她的客人都是我們店裡的重要客人。」

「這些應收帳款沒問題吧。而且夢子小姐的簽約金尚有一百八十萬圓，四個月沒上班實在叫人有些擔心。定金似乎已經還掉了，但能否把她的份列為不良的應收帳款呢？」

「真是傷腦筋啊。其實，我們也對這個小姐很頭疼呢。」

「謝謝社長通融！」

元子繼續看下去。

「啊，對了，這個春惠小姐留下的應收帳款也不少呢，大概有四百三十萬圓。嗯，她的簽約金還有一百二十萬圓，定金還有一百萬圓，她真的會來上班嗎？」

「這小姐您倒可以放心。其實，她是跟男朋友吵架了。她本來打算結婚，最後卻被男朋友給甩了，請假休息了一陣子，應該快來上班了。她已經答應總經理，絕對會來上班的。」

「是嗎。那我就相信她囉。其他還有像她那樣的小姐嗎？」

「您看過帳冊就知道，其他的小姐都沒問題。」

「是啊……」

這時，埋首查看著帳冊的元子抬頭看著長谷川。

「感謝社長做了這麼多讓步。那這樣折讓下來，總共要多少錢呢？」

「嗯，我算一下喔……」

這樣東減西扣下來，社長被弄得有點混亂，這時始終在旁邊計算的會計師出示了總價。

「咦？兩億二千四百七十萬圓？」

長谷川原本開價兩億六千萬圓，經過三番兩次的折衝，總共折讓了三千五百多萬圓，難怪他的臉頰抽動得格外激烈。

「不過，社長也請您體諒我的立場。酒店的老闆一旦更換，儘管有前老闆的推薦，簽約到期的小姐照樣會辭職，這樣一來，我又得重新雇用小姐，重新付定金和簽約金。換句話說，為了確保一直維持三十幾名小姐的陣仗，我每年得雇用八十至九十名新人，這可是筆龐大的人事費用呢。」

「是啊，這的確是筆龐大的支出。」

深知箇中辛苦的長谷川社長理解元子的為難之處。

「魯丹俱樂部」的讓渡方式——原口元子將以兩億二千四百七十萬圓取得通情達理的長谷川庄治社長的所有股票。當然，那不是上市股票，等於沒有股價可言。

「社長，我不想用支票付款，請讓我用現金支付。」

「噢，那我可是求之不得呢。」

長谷川面露微笑，但他似乎擔心元子再說些什麼。因為他拗不過元子，被迫得連續減價。

「接著，是有關三千萬圓定金的事情，大約再過半年，小姐就會把這些定金全數還給公司，照理說我直接承受下來也無所謂，但我必須準備週轉金等各種費用，沒有這個餘力。到時我會把小姐退還的三千萬圓全額交給社長，所以能否請社長從讓渡價格中把它扣除？」

「嗯，原來如此。那不然您把這部分的款項開支票給我？這支票半年後兌現，不會造成您的負擔呢。」

「拜託您了。其他的我用現金支付。」

最後雙方談定只需支付一億九千四百七十萬圓。由最初開價的兩億六千萬圓，折讓了六千五百多萬圓。

「媽媽桑，我真是敵不過您呀。」

長谷川帶著佩服的神情看著元子。他跟旁邊的會計師一陣耳語之後，告訴元子，事情就這樣談定。

「嗯，就這樣說定。我是個講信義的男人，也能夠理解您的立場。」

「感謝社長成全。」

「我嘛，真希望早點全力投入公寓的經營，不想被『魯丹』的事綁住，不如快刀斬亂麻儘早處理。」

「承蒙社長包容我無理的要求，我在此向您深深致謝！」

「對了，我什麼時候可以拿到那筆現金？」交易成立之後，需款孔急的長谷川說道。

依照橋田常雄開具的「切結書」來看，「梅村」那塊土地十五天後才會轉移到元子的名下。那塊土地到手之後，她得找尋新的買家。這通常是透過房屋仲介商處理，但買賣折衝很耗費時間。「梅村」位於銀座附近，應該很容易找到買家，但最好還是估算四十天後才會進帳比較保險。

元子告訴長谷川她希望一個半月後再付款。

「是嗎。」

長谷川沉吟了一下，說道：「既然這樣，那我至少得先收四千萬圓的訂金，也就是賣價的百分之二十。」

「四千萬圓嗎?」

元子認為四千萬圓訂金太多了。

「我把店交給媽媽桑時，必須把店裡的貸款還清才行。我出資的部分倒無所謂，但還有銀行貸款，所以這四千萬圓其實是還給銀行。」

長谷川這樣說也有道理。而且元子馬上就可以到銀行提領出四千萬圓。

「話說回來，如果因為我的因素違約，也就是我無法將『魯丹』賣給您的時候，我當然會把四千萬圓訂金全數還給您。反過來說，倘若是您違約，我可要向您收取訂金的兩倍，八千萬圓。因為我賣掉酒店得事先跟銀行協商，若是買賣中途喊停，銀行對我的信用將大打折扣，以後便很難向銀行貸款。不但如此，我還得存入鉅額定存讓銀行安心。而且秘密出售酒店的事情，也難保不會走漏風聲，到時職員和小姐無不人心惶惶，紛紛求去。具體地說，若因為媽媽桑違約使得買賣泡湯，就算我重新執業，往來的廠商也會心存芥蒂，這些我都得花錢安撫。總之，若發生這樣的意外，我的損失可慘重呢。」

「……」

「恕我直言，您沒有保證人，雖然我相信您的為人，但坦白說，我還是有點擔心呢。總歸一句，您若違約的話，我就要向您收取兩倍的訂金。怎麼樣？我們就這樣談定吧。」

元子心想，得趁長谷川尚未改變「賣意」之前把握機會，便同意了這個條件。

從「自己的資金」兩億四千八百萬圓中扣掉買價，若去掉零頭以一億九千四百萬圓計算，尚餘五千四百萬圓……

自從跟長谷川庄治談妥買下「魯丹俱樂部」之後，元子的腦海中不停地計算著。

手頭上若有五千四百萬圓，週轉金便不成問題，同時還足夠支付新請來的一流小姐的簽約金和定金。這樣經營下去，短期內不需花錢裝潢，而且又是親自經營，從每天的營業額即可籌出週轉金。店內的裝潢一年後處理也不遲，她打算把付給長谷川的一億九千四百萬圓分五年攤提。她自信可以賺到這些錢，便豪邁地同意這筆買賣。

不過，在兩億四千八百萬圓的「自己的資金」之中，還包括賣掉尚在營業中的「卡露內」的兩千萬圓。元子答應一個半月後付給長谷川一億九千四百萬圓，每經過一天，期限便逼近而來。只剩下四十天，她必須盡早找到「卡露內」的買家。

說到酒店的買賣，幾乎以頂讓經營權的買賣居多，在銀座就有好幾家居中斡旋的房屋仲介商。由於「卡露內」規模不大，不像是「魯丹俱樂部」那樣的超級豪華酒店，即使同業間聽到它要出讓的消息，也不會特別驚訝。畢竟它只不過是間七名小姐坐檯，外加一名調酒師的小店，就算有員工聞訊想離職，也無關緊要。

而且元子之所以賣掉「卡露內」，是為了買下「魯丹俱樂部」那樣的豪華酒店，可說是鴻圖大展，她倒希望同業間都可以知道這個消息。

「『卡露內』要賣兩千萬圓……」房屋仲介商聽完來訪的元子報出這個價錢後，神情嚴肅地思索著。

「其實，我是想賣三千萬圓，但我沒這樣開價，是因為我急著求現。」

元子在房屋仲介商面前沒有說出「魯丹俱樂部」的名稱，只說想買間「超級豪華的俱樂部」，因為她怕不這樣表態，會被對方看扁。

「噢，是嗎？恭喜您啊！」

房屋仲介商知道元子所言不假，旋即表示祝賀之意。接著，他似乎在尋思到底是哪家高級俱樂部，不過他再怎麼猜想，也不會想到「魯丹俱樂部」。因為「魯丹俱樂部」與「卡露內」的等級差距太大，它的生意多麼興隆！

房屋仲介商翻閱著帳簿，上面記載了買賣交易的資料。他戴著老花眼鏡逐頁審視著，過了一會兒，拿下眼鏡說道：「目前有兩個買家願意以兩千萬圓頂下，怎麼樣？您要不要交涉看看？」

「拜託您了。」

「如果您急著求現，在議價上可能比較不利，對方把價錢砍到一千五百萬圓都有可能。」

「剛才我已經說過，其實我想以三千萬圓賣掉「卡露內」，它絕對值這個價錢。」

「可是，您現在需錢孔急，說什麼都得讓步才行呀。這跟站穩腳步與買家交涉的情況不同。」

「好吧，那麼請您以一千八百萬圓為底線儘快跟對方交涉。」

總之元子現在急需現金，折讓兩百萬圓也無可奈何。

房屋仲介商和元子一起來到「卡露內」，仔細打量著店內，又攤開圖面比對。由於白天沒有客人，元子自報店裡的營業額時多灌了一成。之後他回答說三、四天後再來，便轉身離去了。

元子心想，這次交易八成會成功。銀座的酒店更替得非常快速，許多店即使掛同樣的招牌，其實已經換了好幾任老闆。而這些上場的新老闆大都以陪酒小姐居多，她們抓住來店裡的「恩客」當金主出資。

大多數小姐的願望就是有天能在銀座當上酒店的媽媽桑，她們渴望被人叫聲「媽媽桑」，成為名副其實的老闆娘。有些人表面上被稱為「媽媽桑」，其實是受雇領薪，沒有真正的實權。

元子認為以「卡露內」那樣的格局，應該可以賣到二千萬甚至三千萬圓，她希望用這筆錢做為橋頭堡，擴大酒店的規模。房屋仲介商說，目前有兩個買家詢價，但以她開出的條件，但肯定還有更多願意交涉的買家。

元子基於個人品味對「卡露內」的店內裝潢下過工夫。客人也曾大力稱讚店裡的格局穩重大方，她對此很引以為傲，買家來店裡一看肯定會非常中意。

元子對脫手「卡露內」一事感到樂觀。雖說她現在急著求現，但中意的買家愈多，競爭自然愈激烈，對她提出的條件將更為有利。

兩天後，晚間八點左右長谷川打電話到「卡露內」。

「是媽媽桑嗎？我是長谷川，上次感謝您啊。」

「社長，上次打擾您了。」

「您現在很忙吧？」

「不，也沒那麼忙啦。」

店裡只有五、六個客人。八點左右大都是這樣的狀態。元子以為長谷川打電話來是要來看「卡露內」的狀況，但是她會錯意了。

「其實，上次那件事，我突然想找媽媽桑商量，不好意思，現在可以拜會您嗎？」長谷川說得非常客氣。

「非常歡迎。」元子這樣回答著，但心中掠過一絲不安，擔心著長谷川該不會又想變更「魯丹俱樂部」的出讓條件？

「我到媽媽桑您那裡去嗎？」

「不，應該由我登門造訪才是。我直接到『魯丹俱樂部』拜會您嗎？」

元子這樣說是以為長谷川晚上會待在「魯丹俱樂部」。

「這樣我承擔不起。不如這樣好了，我們約在林蔭大道的「M餐廳」碰面。那裡剛好介於您的店和我的店中間。」

這是長谷川基於對等談話的用心嗎？

十五分鐘後，剛到的長谷川庄治和元子對視而坐。旁邊的客人正在用餐，只有他們那桌喝著咖啡。服務生這時通常會執拗地來旁邊招呼，但長谷川是這附近的熟面孔，因此他們未受打擾。

說到「面孔」，長谷川庄治那宛如顏面神經痲痺的臉頰依舊惹人注目。但現在，比起他的面孔，元子更在意長谷川的約見，因此忐忑不安。

「我知道媽媽桑十分忙碌，所以就開門見山說了。」長谷川痲痺的嘴角堆著微笑，交疊在桌上的手指時而張開時而緊握。「三年前，我店裡有個叫映子的小姐，當時算是排名第二的小姐。後來，她成了工商界老闆的情婦離開這個行業，最近又說想回到這個業界。說的也是，依她外向活潑的個性，根本不可能安分地待在家裡，看來她果真忘不了銀座。她背後有財力雄厚的工商界老闆撐腰，便說想回舊店當媽媽桑，我可以理解這種心情。簡單講，映子看準『魯丹俱樂部』，並要我把店賣給她，無論我開價多少。」

「可是，社長，這已經……」元子緊張得險些打翻咖啡。

「我知道、我知道。」長谷川深深地點著頭。

「當然，我先前已經談定把『魯丹俱樂部』賣給您，無論映子開出多豐厚的條件，我也不會賣給她。我告訴映子目前已有買家，她卻懊惱地直說不甘心。」

「這是映子小姐一廂情願的想法吧。」

「您說的沒錯……。不過，為了慎重起見，我想再確認一次，您果真要買下『魯丹』嗎？」

「那當然，我絕不退讓。」元子臉色不變地說道。

「我想也是。」

長谷川這樣說著，但是面無表情，直盯著在對桌招呼的服務生沉吟著。

元子知道長谷川的意思。目前，他們只是口頭約定，尚未正式簽約，也沒有支付訂金。光是口頭約定，長谷川當然感到沒有保障。如果這時沒有其他買家詢價，長谷川倒可以安穩如山，但眼下卻出現以財力雄厚的金主做後盾的映子，並說要依他開的價錢買下，比起狡猾吝嗇大砍其價的元子，長谷川當然希望把『魯丹』賣給映子。

長谷川歪斜的臉龐上露出懊惱的神情，看得出他後悔太早與元子定下口頭約定。

「社長！」元子口氣強烈地說：「明天，我會把四千萬圓訂金送來。我們先訂個草約，請您務必同意。」

「是嗎。」長谷川露出安心的表情。「這樣做我也比較安心啦。其實，我並不是急著想要拿到訂金，只是沒有正式簽約，我總覺得心裡不踏實呀。」

「不過，能否請社長拒絕映子小姐的要求？」

「那當然。一旦跟您訂下草約，無論任何人怎麼說，我都會嚴加拒絕。」

隔天，元子打電話到「醫科大先修班」。

「橋田理事長不在。」

元子自報姓名後，有個女職員這樣回答。她好像是上次元子在理事長室看到的那個女職員。

「請問理事長幾點回來？」

「理事長今天不回來了。」

「請問理事長明天幾點到辦公室？」

「嗯，大概是早上十點左右。」

「謝謝！」

把訂金付給長谷川後，再過一個星期元子就可以從橋田常雄手上拿到「梅村」那塊土地，因此她更有必要做此確認。這是她慎重之舉，橋田非依約行事不可！他若不履行約定，旋即就會面臨補習班垮台的危機，這點他比誰都清楚。

從現在起，她得儘快找到買家。換句話說，她在取得土地的同時，就得把它換成現款，否則便無法買下「魯丹俱樂部」。答應付錢給長谷川的期限剩下不到四十天。七天後土地就會到手，還有一個月的時間，她必須在這段時間把土地賣掉換成現金。

元子認為賣掉那塊土地比「卡露內」來得容易。因為「梅村」位於赤坂的鬧區附近，算是精華地段，而且它緊鄰著鬧區，買家肯定會蜂擁而至。想到這裡，她決定馬上去找房屋仲介商。

元子前往她存了五千萬圓的銀行。

其實，她可以直接從存款中提領四千萬圓出來，但提著大筆現金有其危險性，因此她請銀行開立了一張由銀行付給本人的支票。當她看到劃線的支票上寫著40,000,000元的數字時，不禁掉下了眼淚。

她事先已打電話給長谷川說下午三點會到事務所，因此當她抵達東銀座的長谷川貿易股份有限公司的時候，長谷川庄治和會計師已經在社長室等候了。

「哎呀，真是謝謝您啊！」長谷川從元子手中接過支票，檢視過上面的金額後，欠身致意道。「這麼快就把訂金送來，真是不好意思。的確是四千萬圓沒錯。我已經擬好了合約，請您仔細過目。下次我收到尾款一億五千四百七十萬圓的時候，會與您交換轉讓證明書，並將長谷川貿易的所有股權全部交給您。」

「謝謝！」

元子仔細地看著合約的內容。這合約是長谷川委託會計師寫成的，字斟句酌，沒有什麼疏漏。元子在長谷川交給她的合約上蓋章，副本由她保管。

「媽媽桑，恭喜您囉！」長谷川為簽約成功祝賀道。

「多虧社長成全。」

「媽媽桑，您太會砍價了，我真的虧大了。其實『魯丹俱樂部』若賣給映子，我可以賺得更多，但我已跟您有約在先不便反悔。總之，您的運氣真好呀！」

「感謝社長割愛。」

「這是訂金四千萬圓的收據。」

長谷川拿出收據後，說道：「媽媽桑，尾款的部分請您多費心了。啊，對了，上次我已經說過，這點合約上也有註明，如果是您違約，我就要向您收取八千萬圓的賠償喔。這點請您多擔待了。」

21

從那之後，元子每天坐立難安。

每次她打電話到「醫科大先修班」，那女職員總是這樣回答：「橋田理事長不在，我不曉得他去哪裡，也不知道他幾時回來，我會把原口小姐您的留言轉告理事長。」

元子當下直覺莫非橋田在躲避她。但橋田就算想逃也無處可逃。她警告過橋田，他若不依約把赤坂那塊土地交出來，她就要公開他的惡劣行徑。不僅如此，他還私吞學生家長的捐款，沒有把全數的關說費交給受賄的大學教授和相關人員。她甚至向橋田撂下狠話，他若敢違背約定，就要向國稅局檢舉他逃漏稅！屆時，警方馬上會以詐欺和盜領的罪嫌起訴他。

確切地說，橋田若捨不得讓出赤坂那塊土地，他的事業版圖將化為烏有。他比誰都清楚這事情的嚴重性，所以在「切結書」期限將屆之前，他勢必會跟她聯絡——儘管元子這樣自我安慰，但隨著付給長谷川庄治餘款一億五千四百萬圓的日期即將逼近，元子總覺得心煩意亂。

島崎澄江到底怎麼了，從那之後既沒電話聯絡，也未再造訪。之前她經常打電話來，要不就是來元子家，怎麼現在就像斷線風箏？難道她生病了？

也許澄江知道橋田的消息，元子想打電話到「梅村」問個究竟，但澄江說過盡量不要打電話到店裡，因此讓她有點不知所措。

當她心想不如明天打電話到「梅村」的時候，當天晚間十點左右橋田主動打電話到「卡露內」來了。

「媽媽桑嗎？噢，好久不見！」

橋田好像在其他地方喝酒，醉語背後傳來音樂聲。

「是您呀！」

橋田對險些驚叫起來的元子報以豪爽的笑聲說：「對不起，對不起！我知道媽媽桑好幾次打電話到補習班來，但我每天忙得不可開交，就來不及跟妳聯絡了。我可沒把妳給忘了喔。」

元子知道橋田並非在躲避她，終於鬆了一口氣。

「有關上次那件事情，明天中午我想跟媽媽桑碰個面。」

「在什麼地方？」

「……我們在赤坂Y飯店的餐廳用餐吧，十二點在十五樓那間『哥斯大黎加』。到時候我會把東西交給妳。」

「謝謝！」

元子對著話筒高興得低下頭來。

「那見面再談囉。」

橋田掛斷電話，但他最後那句話讓元子感到非常安心。這樣她就不必擔心了。橋田果真不是故意躲避，只是公事繁忙成天在外奔波而已，想必沒有聯絡的這三天他也掙扎不已。

橋田費盡工夫才把「梅村」的土地弄到手，現在卻要拱手送給元子想必心有不甘。但隨著約定的日期逼近，他也不得不屈服。也許他試著逃避元子的電話催促，不過要假裝不在也不是那麼容易，逃避只會給他帶來毀滅。元子初次體會到獵人玩弄籠中獵物的快感。

擁有高級豪華的「魯丹俱樂部」的夢想正逐步地成為現實。

儘管橋田來電邀約，但元子不禁忖想著，橋田指定在Y飯店的餐廳「哥斯大黎加」到底是什麼心態？那餐廳曾是讓橋田賠了夫人又折兵的地方。那是讓他感嘆萬端的所在，他卻選擇同樣的地點，其脾性確實與眾不同。說不定他會因為餐廳的美好氣氛再次出言誘惑。

橋田這個人性好女色。也許他會邊用餐邊引誘，說要無償讓出赤坂的土地，甚至說到飯店房間後再交出土地權狀之類的話。若發生這樣的情況，她必須適度虛與委蛇，先拿到該拿到的東西再說，因為橋田狡獪成性，很不容易對付。

到時候，橋田可能會高舉著土地權狀和讓渡合約，邊走近勾引她。像橋田那樣的男人大概會認為，土地不能被白白拿走，至少也要玩弄元子洩恨。若果真這樣，她打算這樣回答：土地的移轉登記尚未完全辦妥之前，我總是提不起那個興致，以後再說嘛。

這天晚上，元子想到明天將獲得重大的戰利品，竟然興奮得無法入睡。她整個腦袋都在盤算取得赤坂的土地之後，如何變賣以買下「魯丹俱樂部」。

元子許久沒在Y飯店十五樓俯瞰赤坂附近的風景。道路的對面有間咖啡廳，她曾在那裡眺望這飯店九樓的窗戶，還因而忘情地勾起莫名的情慾。她想像著橋田和島崎澄江在那暗淡的窗下交歡，一個代替她的女人，和一個好色的男人。

她就是從那時候開始失去理性的。對於跟安島富夫發生肉體關係一事，她到現在仍覺得不可思議。她知道安島並不誠實，不過，她始終很清醒。與其耽溺於男人的身體，不如專心工作賺錢來得重要。可以說，她是從安島富夫那裡學到這個教訓的。很多女人正因為迷戀男人，最後落得人財兩失。

「讓您久等了！」

有人輕輕碰觸元子的腰帶，元子回頭一看，禿額扁鼻的橋田常雄裂嘴微笑站在眼前。

「哎呀，您來了呀。」

元子並不是在等待情人，但是她非常高興。她跟在橋田身後，雀躍地走進旁邊的「哥斯大黎加」餐廳。

兩人在預訂好的席位對視而坐，橋田攤開男服務生送來的菜單，摸著下巴梭巡著，然後依序點了燻鮭魚、濃湯、沙朗牛排，而且牛排還指定要三百公克的。元子則點了蔬菜、清湯和焗烤比目魚。

「妳吃得很清淡嘛。」男服務生離去後，橋田這樣說道。

「是啊，中午我吃不了那麼多。」

她哪吃得下三百公克的牛排。

精力旺盛的橋田再次點了點頭，接著又點了千邑白蘭地。

元子心想，看橋田出手闊綽，又不像是虛撐場面，看來他這次絕對會把赤坂那塊土地讓出來。昨晚他打電話來時，說今天會把東西「交給」她。

「妳打了好幾次電話來，我都沒跟妳聯絡，真是不好意思。」橋田再次向元子致歉道。

「哪裡，我明知道您工作忙碌，卻又頻頻打電話去，給您帶來困擾了。」元子點頭說道。

「總之，我忙得人仰馬翻哩。目前我們補習班已經額滿，報名的學生卻蜂擁而來。礙於人情，他們大多是我得盡力照顧的重考生，不得不想辦法安排他們進入其他大學就讀。哎，我真的是分身乏術啊！」

「很好啊，忙碌就表示賺錢。」

補習班的學生人數愈多，橋田的收入就愈豐厚。雖然他向家長拿錢以捐款的名目捐給醫大，此外也得出錢疏通關係密切的有力人士，不過，他也從中私吞了不少錢。

男服務生幫他們的玻璃杯斟上白蘭地，他們舉杯互碰。元子為「梅村」的土地將轉移到自己手上暗自高興不已，這算是提前慶祝。

在前菜和喝湯之間，橋田喝著白蘭地，獨自興奮地說著，主要是談他的補習班事業如何發展，間雜以閒話家常或自我吹噓。

主菜端上桌後，橋田依舊滔滔不絕。他切著只有外國人才吃得完的厚塊牛排，頻頻地喝著白蘭地，絲毫沒談到土地轉讓的話題。

一旁陪笑的元子終於按捺不住了。她心想，必須趁橋田沒喝醉之前，把他要「交出」的東西拿到手才行。端上桌的焗烤比目魚，她幾乎吃不到幾口。

「橋田先生，那件事後續如何呀？」元子拚命擠出笑容說著，其實內心非常焦慮。

「哪件事啊？」橋田咬著帶油脂的肉塊，目光渙散地看著元子。「妳說什麼？」

「您真會裝蒜耶。就是澄江的分手費和「梅村」那塊土地啊！您說過要把那塊六十坪的土地轉讓給我呀！」

「啊，妳說那個。」

橋田並未停下手中的牛排刀，繼續說道：「妳想買那塊土地的話，直接找『梅村』的老闆娘梅村君洽談呀。」

「咦？」

元子以為自己聽錯了。

「您說什麼？」元子探出身子說道。

「是赤坂四丁目四十六號，地號一七六三八號，一百九十八平方公尺那塊地吧？」

「是的。」

「那塊地的持有人是梅村君，妳想買的話，可以跟她談談看啊。不過，那個老婆子死愛錢，肯定會獅子大開口。」橋田切著三分熟還滲血的牛排說道。

「橋田先生，您是不是喝醉了？」

「不，這點酒還灌不倒我。」

橋田為了證明自己的酒量，拿起上有拿破崙畫像的酒瓶往杯子裡倒酒。

「那塊土地是橋田先生您的！」

「不是，它是梅村君所有。」

元子睜大眼睛望著橋田。

「不可能！我到過麻布的地政事務所，查閱過土地登記簿。不僅查閱過，我還申請了土地登記謄本呢，上面明明寫著法務局依法務大臣之命轉移登記為橋田常雄所有，這是千真萬確的呀！」

「噢，妳還專程跑到地政事務所去？」

「沒錯。」

「辛苦妳了。不過，法務局只是在土地登記簿上做登記而已。換句話說，只要往後有變更，就會恢復原件的登記。」

「我不懂您的意思。」

「妳還聽不懂啊……」

橋田雙手握著玻璃杯，彷彿要用自己的手溫焐暖杯中的白蘭地，但又像是以捉弄元子為樂。

「土地登記偶爾會因當事者的錯誤而註銷。也就是說，在辦理土地移轉時，常因雙方的疏忽或錯覺，導致當事者又重新申請恢復原件，這就是所謂的『錯誤註銷』。像赤坂四丁目四十六號那塊土地，就是梅村君和我橋田常雄因錯誤註銷的讓渡事例，所以又申請改回原件。簡單說，那塊地已從我橋田的名下回到梅村君所有。十天前，我們才辦妥了註銷手續。」

這種事情可能發生嗎……

「那塊土地歸我所有的期間非常短暫。那是因為錯誤登記所致。由於我們雙方不是買賣，所以不必課稅，這就是其中的好處；不過，必須趕在申報固定資產的課稅期間之前。梅村君跟我就是在課稅期間前辦妥轉移手續的。」

因錯誤而註銷——真有這種事嗎？元子睜大眼睛，卻茫然失措。

「妳若不相信我的話，可以再去法務局港區地政事務所查閱。」

「可是，可是……」元子拚命地說著。「昨晚您在電話中說，今天要把土地權狀交給我。」

「我的確說要『交給』妳，但我沒有說要把土地權狀交出來。」

「那您要交什麼給我？」

「我是說，我要替妳這個愛錢如命的鬼魂超渡哪。(註)」橋田陶醉似地喝著焐暖的白蘭地。

走出Y飯店後，元子旋即攔了輛在前面候客的計程車，朝東麻布的法務局港區地政事務所直奔而去。

因錯誤而註銷登記——天底下真有這樣的事嗎？

在元子看來，土地的所有權經法務局登記，即受到法律的嚴格保障，換言之，土地移轉登記是在法律下進行的，這種經由嚴格法律保障的登記手續，哪可能出現所謂個人的「錯誤」認知，法律上怎麼可能承認呢。

元子那樣確信著，可是橋田的語氣和表情來看又不似作假。雖說這可能是橋田為了逃避而隨便胡扯，但也可能真有其事。元子心裡掠過一絲不安。若不是事實，他不可能說出「我要替妳這個愛錢如命的鬼魂超渡哪。」那樣的話。不過，或許這只是他不甘土地被奪所做的反撲。

元子在半信半疑間做了多方的揣測。她急著想查閱土地登記簿，但又害怕得知真相。這二十分鐘的車程，一路上忐忑不安。

元子踩著法務局港區地政事務所的石階而上。

接過土地登記簿閱覽申請表的承辦員，驚訝地望著臉色蒼白、氣喘吁吁站在櫃檯前的元子。

元子打開土地登記簿。

坐落　港區赤坂四丁目四十六號

地號　壹柒陸參捌號

地目　住宅用地

面積　壹佰玖拾捌平方公尺

事項欄目　所有權移轉　昭和五十四年四月十五日／原因　昭和五十四年四月十五日買賣

所有權人　品川區荏原八丁目二百五十八號　橋田常雄

然而，所有權人欄目已被劃了紅線，改為「所有權註銷，昭和五十四年五月十八日　原因　認知錯誤」。

註——此處為雙關語，「交給」與「超渡」在日文中同音。

頓時，元子感到腦中一片空白，兩隻眼睛緊盯著土地登記簿上的紅線。

橋田所言不假。受到法律保障的土地登記，又因「錯誤」認知受到法律承認，並得到註銷的保障。日期的確是橋田所說的十天前。

這種事情為什麼可以被容許呢？

元子抬起頭來，但承辦員已經離開她眼前，正與其他前來辦事的民眾說話。其餘承辦員也在講電話，沒人理會茫然失措的元子。

元子困惑地來到外面，走下石階。石階間距很低矮，但她卻走得踉踉蹌蹌險些跌倒。沿路上有許多掛著「土地代書」招牌的小型事務所。元子隨便走進其中一間，裡面沒有半個客人，一個臉色蒼白的代書從擺放著法律書籍的桌前站了起來向前迎接元子。

「對不起，我有事情想請教您。」元子旋即說明來意。「土地的移轉登記，因錯誤而註銷到底是怎麼回事？」

代書看著眼前這個眼睛佈滿血絲的婦人，有點吃驚，但馬上又想既然在法務局附近開代書事務所，客人有事找上門好禮相待也是人之常情，便微笑地向她點頭。

「在《不動產登記法》之中，並沒有提及在手續上因錯誤而註銷的法源，不過在《民法》第九十五條當中，有『錯誤』這個項目。」代書這樣解釋道。

「九十五條寫些什麼內容？」

「裡面寫著『意思表示為法律行為之要素，因錯誤時視同無效』，這就是因錯誤而登記，爾後又註銷的法源根據。簡單地說，土地登記時，若因錯誤其登記便視同無效。」

「但土地的移轉登記是依買賣雙方同意決定的，又怎麼會有買賣錯誤這樣的事發生呢？」

「理論上是這樣沒錯，不過不動產、買賣，若當事人雙方提出『認知錯誤』，便無法成立。法務局不能把那『錯誤』的文字登記在土地登記簿上，因此就改為『註銷』。」

「可是動輒上千萬、甚至上億圓的土地買賣怎會出現錯誤呢？」

「您說得很有道理，其實這背後是有法律漏洞的。比如，父母親想把土地贈給子女，這時就得被課上龐大的贈與稅。贈與者為逃避繳交贈與稅，便說轉移到子女名下的土地有誤，因而申請註銷。而且他們會在課稅前辦妥手續，這顯然是技巧性的逃稅。不過，就算地政事務所明知道其中有問題，當事人若堅稱是認知錯誤，地政事務所也無可奈何。」

橋田就是看準這個法律漏洞存心欺詐她的嗎？

「所以，大家經常利用因錯誤註銷登記的方法來逃漏稅。」臉色蒼白的代書以為低頭咬唇的元子正認真地聽取他的解說，繼續說道：「打個比方，我經營一家公司，但即將倒閉。一旦倒閉，公司財產就會遭到扣押，所以在這之前我把土地賣給你。當然，買賣的稅金由我負擔。其實這不是真正的買賣，而是隱匿財產。日後等我的公司重整旗鼓，再把那塊土地重登記到我的名下。不過這也得繳一點手續費，一般來說要繳納登記費和印花稅，費用便宜許多。如果是買賣，必須繳納成交價格的千分之五十，也就是五分；倘若是一億圓成交，就得繳交五百萬圓。不過若因錯誤而註銷登記，每個物件只收一千圓登記費。如果地上有房屋，那土地和房屋兩件加起來只需二千圓登記費。這就是不以買回的方式，而是透過『認知錯誤』的方式取回土地。然而，這個物件的買賣若有第三者，這招就不管用了，必須僅限於當事人雙方。」

「謝謝您的說明。」元子向代書致謝道。

「請問還有其他疑問嗎？」

「不，沒有了。請問我要付多少錢給您？」

「我只是做口頭說明而已，不需要收費。」

「您不必客氣啦。」元子從皮夾裡掏出五千圓紙鈔，把它放在桌上。

「這樣我會……」

「沒關係啦，請您收下。」元子說完，便衝到外面的路上。

一億六千八百萬圓化為烏有了！

這顯然是橋田常雄和梅村君聯手合作的騙局。因錯誤而註銷登記，這不能不把梅村君扯進來。換句話說，梅村君把那塊土地「賣給」橋田的時候，即已跟橋田串通好了。

元子想到自己居然被橋田騙得渾然不知，氣得身體顫抖不已。前面來了一輛計程車。

「請送我到代田。」

「代田？是世田谷的代田吧？」

「嗯，我要去六丁目。」

司機先往涉谷再駛往駒場的方向。那路線會經過元子自家公寓附近，雖是熟悉的景色，但此時所有的景物看起來都失去色彩。

元子試著理清思緒。為什麼事情會變成這樣呢？我得仔細思考才行。我必須冷靜以對。我以「梅村」的女侍島崎澄江和橋田有曖昧關係為由，藉機向橋田威脅，那時梅村君的土地已歸橋田所有，這是島崎澄江透露的。我也到地政事務所查閱過土地登記簿，確實已登記給橋田。

事情太奇怪了。橋田表明要「購買」梅村之際，我尚未掌握到橋田的補習班非法關說入學的事證，我也還沒有強迫橋田把那塊土地讓給我。難不成在這之前梅村君即以「認知錯誤」的方式，把土地賣給了橋田？

假如這是橋田和梅村君聯手共謀的騙局，意思是那時橋田即已算準我可能會強要那塊土地嗎？要不然他不可能在我強要那塊土地之前，即以「因認知錯誤而註銷登記」為前提進行移轉登記啊！

橋田果真在那時候已經看出我強要土地的意圖嗎？再設下這個「因認知錯誤而註銷登記」

的陷阱？這實在令人難以想像，橋田常雄既非未卜先知，也不是千里眼，他不可能料得如此這麼精準。這樣一來，難道是橋田的壞心眼性格使然，故意陷害人嗎？

然而，就算真是如此，橋田常雄為什麼要如此費盡心思謀害我？我是在掌握他非法關說入學的事證後，才向他出言勒索，在此之前我和他並沒有利害關係。我想不出橋田恨我的理由。

因為車流擁擠，計程車跟著停下來了。

「前頭道路在施工，不久前是挖瓦斯管線，這次是埋設自來水水管。我實在想不懂，施工單位為什麼不一次把它們鋪設完成呢！真是沒效率！」司機抱怨道。

由於陷入車陣，元子剛好可以看到前車後座的男女乘客。這讓她想起了之前看過的相似情景，不由得嚇了一跳。

那時她為查閱橋田常雄的土地登記去法務局港區地政事務所後，前往青山的微信社的途中看到的情景跟今天幾乎一樣。不同的是壅塞的路段與不同的男女。眼前那男子的肥頸幾乎縮在西裝裡，女子穿著灰色的套裝，後頸很美，有點斜肩，他們情狀親密地依偎在一起，跟那天的橋田和澄江非常相似。

元子看到的那次兩天後，澄江來到元子家裡，元子問澄江是否真有其事時，澄江語氣肯定地說：「橋田先生打電話到『梅村』找我，說在傍晚開店之前，想帶我到附近兜風，我怕冷然拒絕以後要不到錢，便無奈地答應了。」

「這麼說，妳對橋田先生絲毫都不留戀囉？」

「是的，完全！」

「妳沒騙我？」

「我沒騙您，媽媽桑，請相信我！」

島崎澄江說的那番話，現在想起不禁令人起疑。澄江並不是因為無奈地與橋田維持關係而無法離開他，說不定他們很早以前即有肉體關係？橋田是「梅村」的常客，而澄江在那裡工作已久，他們很可能早就勾搭上了。真是這樣的話，那澄江代替她到Y飯店九六八號房和橋田幽會又是為什麼？

當初，元子叫澄江代她赴約，只不過是臨時起意，是為了抓住橋田貪好女色的「弱點」。可是，如果橋田和澄江很早以前即互通款曲，那他們只不過是將計就計罷了。

元子突然想起，島崎澄江來「卡露內」應徵的隔天，她隨即打電話通知元子橋田有意買下「梅村」。難道是橋田居中設局，故意讓澄江來「卡露內」臥底？

島崎澄江與橋田共謀來欺騙我？這個可能性很大。那個女人以前經常來找我，現在居然如此巧合地不見蹤影？

主謀者是橋田常雄！他聯合島崎澄江和梅村君共演這齣戲碼。不用說，「梅村」不但不打算歇業，今後還會經營下去。

頓時，元子湧起一陣嘔意。被人瞞騙的懊惱和憎惡對方的氣憤，心中五味雜陳，逼得她胃裡翻滾不已，直想吐出來。她急忙用手帕捂住嘴巴，正要從行進中的車內打開車窗時，司機從後視鏡見狀，旋即問道：「您身體不舒服嗎？」

「我好像有點……暈車。」

「小姐，請您不要吐在車裡喔。現在沒辦法停車，請您直接吐在車外。」陷入車陣的司機顯得有點焦慮。

元子知道探出車外有危險，但她還是探出窗外了。突然，湧到喉頭的胃酸又倒吞下去，她不由得發出像鵝般的叫聲，車子每晃動一下，便引起強烈的嘔意。

也許是吐了些胃液出來，整個胸腹覺得舒服多了。

「司機……請讓我在這裡下車。」

元子真想馬上喝杯開水。司機未回話便連忙地踩了剎車，元子連付車資都覺得頭昏，幾乎無力掏錢。

元子步履微顛地朝眼前的咖啡廳走去。咖啡廳內燈光暗淡，只有三個客人坐在靠後方的位置，店內氣氛一派閒散。元子按住桌面坐了下來。

女服務生端上一杯水，不吭一聲地俯視元子。

「請給我一杯紅茶。」

女服務生默默地離開，臉上沒有任何笑容。元子馬上把那杯水一飲而盡。冷水順著食道而下，胃部像被刺激似地旋即又湧起嘔意。

元子盡可能踩著踏實的步伐，但她其實很想不顧禮儀地衝進洗手間。她吐得不多，漱洗之後，感覺舒服了許多。她對著鏡子，發現自己臉色蒼白，眼眸像魚眼一般。

她從手提包拿出化妝盒開始補妝，用粉撲把自己的臉頰抹得粉紅，重新畫眉，仔細地塗上口紅。這是張普通的面孔，缺少煥發的容光。

土地登記簿上的直相給她的打擊太大了。「因認知錯誤所有權註銷」的文字和劃掉的紅線宛如鐵槌狠狠地給她當頭棒喝。這是法律暴力！這項法律不由分說地把她即將到手的一億六千八百萬圓敲得粉碎。

法律可以這樣設陷害人嗎？這個看似法條完備的《不動產法》其實是個陷阱！雖說「意思表示為法律行為之要素，因錯誤時視同無效」這個條文適用於《民法》，但算準這個漏洞詐欺的橋田未免太狡猾了。正因為橋田平常即打著「醫科大先修班」的招牌伺機向學生家長從中撈取不當的「捐款和疏通費」，才會把法律的漏洞研究得如此透徹。她竟如此毫不自覺地自投羅網！

赤坂那塊土地就這樣從指縫間溜走，「梅村」彷彿固若金湯的城堡般巍然地聳立在眼前。

之後「卡露內」很可能不保，甚至從此歸他人所有。這是她辛苦建立起來的城堡，但房屋仲介商已找到買家準備洽談。

她已經支付四千萬圓給「魯丹俱樂部」的長谷川庄治。長谷川說過，她若是違約，那訂金便要不回來。現在，她手邊只剩下一千萬圓，就算「卡露內」以二千萬圓賣掉，加起來也不過三千萬圓，遠遠不夠必須付給長谷川的一億五千四百萬圓。

合約上已有註明，若元子這方違約，長谷川將要求元子支付兩倍的訂金。不用說，在期限之前未能付清尾款也算是違約。

——這合約上也有註明，如果您違約，我就要向您收取八千萬圓的賠償喔。這點請您多擔待了。

長谷川這句叮囑彷彿又在耳邊響起。元子心想，即便賣掉「卡露內」也緩不濟急，也許明天她就將淪落成乞丐了。

元子冒著虛汗，宛如貧血般頭暈目眩，心跳得非常急促，感到渾身不舒服。

她回到座位上。放在桌上的紅茶已經涼了，杯裡的砂糖沒有融化，她啜了一口。女服務生自始至終板著面孔站在後面看著她。

元子思索著，這樣一來，我只好把橋田的惡劣行徑公諸於世了。「醫科大先修班」的前校長江口虎雄曾私下蒐集過他的不法勾當，我手上有這些資料的影本，足以把橋田摧毀掉。

不過，想到這裡，元子又起了個疑問。當初，她對橋田說手上握有江口的秘密資料，才逼迫橋田寫下無償轉讓「梅村」土地的「切結書」。

橋田若不履行「切結書」的內容，他比誰都瞭解後果將是多麼嚴重。不僅如此，橋田竟然利用法律漏洞徹底把她給耍了，這表示橋田一開始就想跟她決一死戰。

到底是什麼原因改變了橋田的想法？他明知這些資料若被公諸於世將使他身敗名裂，為什麼還敢奮身反擊？是什麼事物使橋田變得有恃無恐？

元子突然不安起來。難道江口所寫的內容不正確？仔細想來，她的擔心不無道理。江口雖然掛名為補習班的校長，但終究沒有實權，他從來沒有碰觸過補習班的財務和實務，完全由橋田一人包攬。儘管江口可以就近看見橋田的所做所為，那筆記的內容多半是猜測的吧？換句話說，他寫下的學生家長姓名、捐款明細，很可能都只是出於臆測。

橋田剛開始聽到她手上握有「江口的紀錄」時，神情確實有點緊張害怕，他該不會是後來察覺到這只是江口老先生個人臆測，不足為懼？

那麼「江口的紀錄」到底是前校長基於推測寫成的，還是真有所本的證據？這有必要再向江口老先生問個明白！橋田是個十足的壞蛋，也許是他在故弄玄虛，她絕不能因此中計。如果「江口的紀錄」屬實，她就能向橋田扳回一城——這就是她從法務局港區地政事務所出來的時候，對計程車司機說要前往江口虎雄寓所所在的代田的原因。

元子恢復情緒後走出咖啡廳。初夏的下午四點，太陽還高掛天空。她搭上計程車，這次是個年近六十歲、個人車行的司機。他按部就班地駕駛，環狀七號公路非常通暢，載貨的卡車壓得路面轟轟作響地疾馳而去。

「再過兩個月就是暑假，自用轎車就會開往外縣市，到時候路況就不會那麼擁擠。」老司機背對著客人攀談著。

老司機這番話，讓元子想起了任職銀行時暑休期間獨自到北海道旅行的情景。她沒有情人，也沒有親近的好朋友，總是獨自旅行。她在旅遊地時常碰到出手奢華的團體或情侶，可是她只能儉約地旅行。其實她早已習慣這樣的生活，並不覺得落寞孤寂。她習慣把自己關在銀行界的白色圍牆裡。

不過，她後來發現了自由而繽紛多彩的世界，極想早日衝出白色的圍牆。因為只要你有才幹，就能盡其所能發揮。這社會是多麼生動有趣，充滿無限的可能性，就像夏日陽光般那麼絢麗多彩。

然而，那絢爛的陽光突然蒙上了陰影。

「啊，到這邊就好了。」

看到熟悉的景色了，老司機減緩車速往寬廣的馬路旁靠去。

「路上小心喔。」

元子下車的時候，司機這樣叮嚀道，可能是因為看到她臉色蒼白。

對面有個小車站，好像是井之頭線的新代田車站。元子打算從小路走進去，她還記得附近的地形。

小徑兩旁淨是有著長長圍牆的住家和公寓，跟她第一次來此的夜晚時看到的有點不同。她記得右邊有間資源回收站，在路燈的照耀下，資源回收品堆得老高。左邊的住家前有棵枝葉茂盛的櫸樹，當時那櫸樹遮住了路燈使得路上變得暗淡，跟她同行的身材高大的男子站在黑暗處，把她摟在懷裡親吻。現在，只有個穿著襯衫的中年男子拿著水管澆水。隱約傳來幼兒的喧鬧聲。

——我愛妳。很久以前我就對妳很有好感，難道妳都沒發覺嗎？

安島富夫的聲音彷彿重回耳畔。元子吞了一下口水。

坡路往前伸展而去。右側住家後方的下面不時傳出電車駛過的轟鳴聲。經過三個十字路口，路口前面立著「禁止車輛通行」的告示牌——這一切跟那天晚上沒什麼不同。唯一不同的是，現在是在太陽光底下。

角落有戶住家。是棟建地縱深的二層樓老舊建築。外門通往玄關的小徑旁種著成排青翠的滿天星。

元子朝老式格子門旁的電鈴按了一下。門柱上確實掛著「江口」的門牌。屋內沒人回應，靜悄悄的。騎著自行車的孩子們大聲喧嘩地從門前經過。元子又按了一下門鈴。心想，待會兒出來應門的，會是上次那個眼睛細小、臉型圓潤的江口家的媳婦嗎？她的嘴旁有顆小黑痣，跟安島富夫說話的時候，措詞非常客氣，態度又很謹慎。就是她遞出江口虎雄的秘密資料。她還說，我公公已經入睡了……

這時，屋內傳來了聲音。腳步聲來到玄關穿上木屐。元子從格子門前往後退了兩步。格子門拉開了。眼前站著一個像出家和尚的禿頭大男人。他滿臉皺紋，睜大眼睛看著元子。

「您好！」元子欠身招呼道：「我叫原口元子，請問江口老師在嗎？」

「我是江口虎雄……」肥胖的老人神情驚訝地望著眼前這個女性訪者。

「我跟安島富夫先生曾於約莫兩個月前來拜訪過您……」

「噢？」老人楞住了。

由於沒有得到回應，元子以為老人已經忘記了，便微笑地說：「請問您認識安島富夫先生嗎？」

「嗯，認識啊，他是我參議員外甥的秘書。」江口虎雄用九州口音回答道。

「我就是跟這位安島先生來拜訪您的……」

「噢，請問那次您們是為了什麼事情而來的？」

元子覺得納悶，難道這老人已把那件事忘得精光，該不會是有點老人痴呆了？

「聽說您曾擔任過橋田常雄先生經營的『醫科大先修班』的校長是嗎？」元子心想這樣提示，也許可以勾起他的回憶。

「是啊，橋田拜託我過去幫忙，只待了一陣子。」江口老先生馬上肯定地回答道。

「您把補習班的許多內幕整理成冊，在那天交給了安島先生。」

「妳說我把『醫科大先修班』的內幕資料交給了安島？」這時，前校長的眼睛瞪得更大了。

「是的。」

「這件事情妳是聽誰說的？我根本沒有什麼秘密資料，也沒有交給安島。」

元子以為是因為這事攸關機密，老人才如此戒慎恐懼。兩個月前的夜晚，這老人因為先上床睡覺，沒能見上一面，現在算是初次見面。不過，他們家出面接見的媳婦理應會把她跟安島來訪，以及當面遞交秘密資料的事向他報告，難道他是在故做糊塗嗎？

「可是，當天我確實在府上親眼看見那東西交給了安島先生。」

「妳說在這裡親眼看見東西交給了安島？」

「是的，因為當時我就在安島先生的旁邊。」

「是我交給安島的嗎？」

「不是。那天您原本等著我和安島先生到府上拜訪，由於時間已晚，您先上床睡覺了。後來，有個年輕太太出來接待我們，她還親自把您寫的那份秘密資料交給了安島先生。」

「年輕太太？是誰家的年輕太太啊？」

「是您的媳婦。」

「我的媳婦？」

「是的。安島先生這樣介紹。」

「真是胡說八道！」

「……」

「我根本沒有兒子，家裡哪來的媳婦啊。」

「什麼？」元子頓時像遭到石塊擊中似的不知所措。

「您沒兒子嗎？」

「我兒子在念中學的時候就去世了。」

「……」

元子驚愕得說不出話來。不過，最後幾乎用央求的口氣說道：「可是，那天的確有個自稱是您家媳婦的年輕太太從裡面走出來，她說您已經上床就寢，睡前交給她一包東西，叮囑要把它交給安島先生……」

「妳說是兩個月前嗎？」

「是的。」

「那時候，我約莫回九州待了一個星期，難道安島趁我不在的時候搞了小動作？」

「這……這是怎麼回事？」

「妳被安島給騙了啦！那傢伙最喜歡耍詐使壞，身旁從來不缺女人。很可能是從那些女人當中，找個女人出來扮演我的媳婦吧。」

元子聽到江口老先生這番話，差點無力地癱倒下來。

「那個女人長得什麼模樣？」

「大概三十二、三歲左右，臉型圓潤，唇邊有個小黑痣。」

「啊，我知道了。原來是那個女人。那個女人長久以來都跟在安島的身邊，她是安島的秘書，安島時常帶她四處招搖。」

驀然，元子覺得眼前一片昏暗。

元子頂著刺眼的艷陽，沿著原路走回去。四個從附近網球場出來的年輕女子邊說笑邊走了過來。元子只覺得自己處在真空地帶。

那是安島富夫的騙術嗎……

剛才江口老先生肯定地說，那天晚上，出現在他家玄關的「媳婦」，就是安島的女人。那個唇邊有顆小黑痣的女人。

——我公公終究是上了年紀的老人，一想睡覺，就像孩子般沒有耐性呢。

您說的是啊。不過，都是我們來得太晚，在此向您致歉。

這是她跟安島的對話。她徹頭徹尾扮演著「江口家媳婦」的角色。做為江口參議員秘書的安島對其叔父的家族成員也表現出謙恭的態度。不過，這是經過巧妙安排的戲碼嗎？

——我公公說，把這東西交給您，您就知道了。裡面還有一封我公公的信函，請您過目。

——謝謝您……。原口小姐，江口老師願意將重要的資料借給我們。

前校長江口的「資料」即是對橋田常雄的不利證據。

詳細記載了高達二十五個提供「特別捐款」等關說費用的名單，都是安島富夫的虛構之作嗎？那不是安島的筆跡，是他命令那女人寫的嗎？

當她強勢地把這些資料推到橋田面前時，橋田大聲嚷道：「真是謊話連篇！」

當時，她以為這是橋田的逃避之詞，其實並非如此。橋田一開始就知道這些資料全是瞎編亂造！儘管如此，橋田竟然還故做慌張，神情落魄地依約寫下讓渡土地的「切結書」，這全是橋田和安島的合謀之計！

她把橋田和安島交惡的事情信以為真，因為他們相互說話中傷，加上島崎澄江又不斷強調。不過，這都是演戲。橋田和安島很早以前即是好朋友，連協助橋田「因認知錯誤而註銷登記」的梅村君都是共犯！在這齣大戲中，橋田的女人島崎澄江扮演著重要角色。

元子從澄江那裡套取到許多「橋田的內情」，她以為澄江的情報來自和橋田的枕邊情話。正是因為她過於相信澄江所說的話，像是梅村君和橋田過從甚密、安島與橋田反目交惡等消息，結果卻反遭欺騙。

話說回來，澄江開口媽媽桑閉口媽媽桑，已經徐娘半老卻像小貓般依偎著，假裝純情無瑕央求元子向橋田拿取分手費，她的演技實在太精湛了。如果沒有島崎澄江這個女人，也許她就不會輕易地被橋田和安島給瞞騙。

打從澄江跑來「卡露內」應徵之後，這個計畫就開始啟動了。當時，他們抓住酒店媽媽桑會想雇用具有日本傳統氣質的陪酒小姐的心理，主謀者當然是橋田，安島則全力配合。

元子為了自己聽信安島的「轉述」——亦即可以從江口老先生那裡取得對橋田不利的資料做為有力的「第三本黑革記事本」——後，旋即委託青山的徵信社調查其中二十五名施賄者往來銀行名單的行為感到愚蠢，懊悔得緊咬著嘴唇。

元子走在艷陽高照的路上，經過的行人都以為她是病患，無不回頭看著她。她來到寬廣的環狀七號公路上，身後的車輛和卡車紛紛按著喇叭降低速度，駕駛以為走在前面的女人是個夢遊者。

元子沿著新代田車站的階梯走下。她在月台的長椅上坐下。開往涉谷的電車進站了，月台上的乘客紛紛上了車，只剩下她坐在長椅上。車掌驚訝地看著她，最後還是鳴響發車的汽笛。

後續的電車又進站，但元子仍未上車。她呆坐在長椅上，閉著眼睛，動也不動。月台上的乘客瞥著她孤單的身影，紛紛坐上電車。其中有幾位好心的中年男子見她的模樣非常奇怪，前來關心問候，但她總是頭也不抬地回答說沒關係。最後，這些親切的中年男子也只好無奈地走開。

隨著電車的行駛車內傳來廣播聲：下一站是下北澤、下北澤。

元子回想著。

當時安島自稱為了參選下屆參議員，必須到九州拜訪基層樁腳，卻事隔月餘全無聯絡。她很想知道安島的消息，打電話到「安島政治經濟研究所」的時候，一個女助理接了電話。

——我們老闆還沒從選區回來……。他非常忙碌，所以行程也跟著延後了。

電話中的女聲機敏地回話。

——他不限定在市區，也可能在縣內到處走訪基層……。對不起，恕我無法奉告，我們老闆特別交代，不可以把他的行程告訴初訪者……。喂喂，您的事情我可以替您轉告。

當時，她只覺得這名女助理很幹練，又覺得她的聲音好像在哪裡聽過。既不像是酒店小姐，也不像是來店裡的女客，最後便未細加追想。

然而，現在她終於弄清楚了，她就是自稱江口家的「媳婦」——安島的女人！那女人在江口家的玄關和安島套招問答的聲音，元子在一個月前即已在電話中聽過，只是她沒聯想到。

江口老先生說，安島時常帶著那個自稱是他的秘書的女人四處招搖。在電話中，她也用秘書般的口氣應答。假扮江口家「媳婦」的時候，措辭也很俐落幹練。

元子腦中浮現安島和那女人在暗地裡嗤笑的表情。安島自稱是去九州，其實他根本就待在東京吧。後來他打電話到「卡露內」的時候，說他還在九州，有意無意間嘟囔著橋田是否真的買下了「梅村」，她卻說已經查閱過土地登記簿，安島便以假為真地在電話中說：「噢，『梅村』的老闆娘終於聽信橋田的花言巧語，把那土地便宜地賣給了橋田啊？」這句台詞似乎已認定「梅村」的土地果真成了橋田所有？

這一切都是橋田和安島的詭計，梅村君從旁協助，安島的女人賣力演出，島崎澄江充當橋田的馬前卒……

元子仔細回想起來，她之所以野心勃勃地想買下「魯丹俱樂部」，都是因為計畫太過順利。一切進展順利，可說是心想事成。其實在這當中，她應該知所察覺，並為事情進展太過順利多做警惕。

不過，她以為這是她鴻運當頭，太相信自己正在走運。無論是從東林銀行千葉分行拿走鉅款沒被追究，或是藉機向楢林院長勒索五千萬圓，這些稍為不慎便觸犯侵占公款和恐嚇的罪嫌，她卻能全身而退。她認為這就是走運，而且今後還會財運亨通，只要鴻星高照，做任何事情都會無往不利。正因為她太相信自己的好運，她才沒有反觀自省。

然而，他們那夥人的目的到底為何？

元子認為，正因為她想佔有「梅村」的土地，才使得自己吃虧上當，變得身無分文。不僅沒有從中撈到鉅款，連自己的存款也賠掉了。

不過，他們為什麼要這樣做？她跟橋田和安島並沒有深仇大恨。他們設下的陷阱可說是天衣無縫，好像在進行一場復仇戰。她實在想不出他們如此設局坑害她的理由。難道是單身女人努力奮鬥的樣子，讓他們看不順眼？他們想藉此嘲弄她？或是他們想看高傲的女人哭求無門的窘狀，然後在暗中拍手叫好，享受著欺瞞女人的樂趣？可是，僅此而已嗎？還是另有不為人知的隱情？她實在猜不出來。

在大久保的賓館時，安島就瞧不起她了。

——妳的反應好死板喔。

——想不到妳在這方面沒什麼經驗！

當時安島露出索然的神情。事後他可能會跟橋田說：我跟她上過床，但一點樂趣也沒有，她真是個無趣的女人，玩過一次就叫人倒盡胃口。

她彷彿看到他們倆正哈哈大笑起來。來「卡露內」的客人，喝醉時就會自豪地開起黃腔，例如說跟某小姐上過幾次床啦，或早就把某小姐追到手啦，還用猥褻的字眼形容交歡場景，誇耀自己多麼神勇。

這時，元子屈辱地氣得渾身顫抖，猛然地從長椅上站起來，卻覺得頭重腳輕，腳步踉蹌，像是嚴重貧血似的。

元子下了電車，走上坡路。沿路有相機店、糕餅店、雜貨店、拉麵店和咖啡廳，這是她平常熟悉的街景，但她卻覺得彷彿走在陌生的市鎮上。身體愈來愈不舒服。

終於來到自家的公寓前。住在附近的婦人向她問候：您好，今天好熱啊。

「您好。今天真的好熱……」

元子堆著笑臉向她點頭致意，但沒再多說什麼。

她進到公寓內，直奔二樓而去，連打開門鎖時都得用手帕摀住嘴巴。她跑到洗臉台，胃裡的東西全吐了出來。不止一次，連吐了兩、三次，連令人不快的胃酸都吐出來了。好不容易舒坦些，才漱了口，跌坐在房間裡，緩緩地調息。

這個打擊太大了，而且今天艷陽高照，宛如盛夏般炎熱。江口老先生那番話更讓她受到莫大衝擊。當她看到土地登記簿之後，在計程車上震驚得直想嘔吐。

當她想斜靠在床邊休息時，外面傳來了敲門聲。原來是附近的年輕主婦收到故鄉寄來的橘子，分裝了些送鄰居嚐嚐。那主婦穿著孕婦裝，挺著大肚子，據說懷孕八個月了。

主婦回去以後，元子突然暗自吃驚，內心掠過一絲不安。因為她想起自己兩個月前與安島發生過肉體關係。

她內心湧起一股從未有過的不安。這一年來，她的生理期紊亂，偶有出血的現象。她以為這是環境因素的影響。她從長期的銀行工作轉行到酒店當媽媽桑，而且她辭去銀行的工作並不是正常的退休，而是一場危險的賭注，因此她長時間都處於緊張狀態。

她到「燭檯俱樂部」當陪酒小姐時處於緊張狀態，離開「燭檯俱樂部」之後，獨力經營「卡露內」也是勞心勞力。

接著，她又跟楢林院長展開攻防，拉攏護理長中岡市子套取楢林院長的非法存款明細，這也是危險萬分。之後，她為了取得「梅村」的土地和買下「魯丹俱樂部」，更是費盡心機，情緒非常亢奮緊張，一直處於高壓力的狀態下。

她記得某本醫學書籍上說，女性處在這種狀態下，生理狀況便容易失調。其實，一年前開始，兩個月沒來月經對她而言即是常有的事。這次三個月沒來，她也以為可能是這些因素造成的。

可是，兩個月前她跟安島發生過關係。至今月經沒來，今天又直想嘔吐。

元子拚命搖頭，這絕不可能，他們只交合過一次啊！雖說一次也可能受孕，但那機率相當低。她試圖安慰自己，別擔心，不會有事的。因為打從一年前她的生理期即已大亂，也許明天就會來了。她之所以身體不適，是因為得知橋田和安島的詭計後，大受刺激。加上今天格外炎熱，每個人都會有胃部不適的時候。

元子看著眼前那袋橘子，很想吃上一口，便拿起一顆橘子剝了皮。她吃著橘子，很好吃。一股甜酸味在舌尖擴散開來，她忘情地吸吮著，宛如在沙漠中遇到甘泉。

這一點都不奇怪，只不過是她頂著艷陽走路喉嚨發乾而已。這不是很平常嗎？跟懷孕沒有關係，難不成吃橘子的女性都是孕婦嗎？

22

來「卡露內」的客人當中，有個姓川原的律師。五十歲左右，在東京都港區的芝設有律師事務所，每個月總會來店裡兩、三次。他喜歡喝酒，偶爾以捉弄店裡的小姐為樂。他知道元子沒有男朋友，偶爾會半開玩笑地邀她說：我喜歡蒐集浮世繪，改天找個安靜的地方，邊用餐邊為妳介紹吧。

元子打電話到川原律師事務所。有個女性接起電話後，把它轉給了川原。

「喲，妳主動打電話來，真是難得呀。」

「律師，我有事情想您幫忙。」

「該不會是男女間的問題吧。」川原笑著問道。

「沒那回事啦。我現在遇到嚴重的問題呢。事態緊急，我極想現在就請您賜教。」

「找律師商量事情，是惹上法律問題嗎？」

「是的。」

「妳很急嗎？」

「嗯，現在就要解答。」

「糟糕！我現在就要去大阪出差呢，一個星期後才會回來。等我回東京再談來不及嗎？」

「我等不到那時候。」

「妳可以在電話中先講個梗概嗎？」

「我可以說個大概，但那不只法律判斷而已，我需要您的協助呀。」

元子語尾夾帶著哆聲，雖然是出自真誠，但仍得盤算對方對她的情意深淺。

「聽妳這麼說，事情好像蠻嚴重的？」

「是啊，我可以打擾您三十分鐘嗎？」

「真不巧，我現在得趕去東京車站，時間不夠呀。」

「啊，那我該怎麼辦？我快走投無路了。」

「走投無路？妳說得太誇張了。」

「不，我是說真的。我被逼得快自殺了。」

律師頓時陷入沉默，他感覺得出元子不是開玩笑。

「這樣好了，我派個我們律師事務所的律師給妳，他很年輕，是個優秀的律師，應該可以處理妳的問題。我會請他跟妳談過後打電話到大阪給我，我再聽他的報告。」

「謝謝您！那麼下午兩點我在銀座附近的『羅賽達』咖啡廳等他。」

「我知道了。我會請小池律師準時赴約。」

一個三十幾歲，臉型細長戴著深度眼鏡的男子來到「羅賽達」咖啡廳。他的言談舉止恭敬有禮，是屬於川原律師事務所裡的律師，也就是尚未獨立開業的靠行律師。

下午兩點左右，咖啡廳裡客人稀少。坐在角落的元子，雖然並未對靠行律師小池寄以厚望，但仍將要買「魯丹俱樂部」時付給長谷川庄治四千萬圓訂金，最後卻因故無法成交，導致得依約支付八千萬圓賠償的經緯仔細敘述。

小池律師推了推眼鏡，記下重點。

「長谷川先生確實這樣約定，但我實在沒有能力再支付四千萬圓。簽約的時候，原本我預計有筆款項足夠我買下『魯丹俱樂部』，可後來生變告吹。我可以放棄那四千萬圓訂金，但依法律我真的必須支付兩倍的違約金嗎？」

「您跟長谷川先生的合約可以借我過目一下嗎？」

「請您過目。」

元子從手提包裡拿出四千萬圓的訂金收據和合約副本。正本由長谷川庄治保管。

小池律師取下眼鏡仔細地閱讀著合約內容。元子緊張萬分地等著年輕律師的答覆。

「這是我的判斷……」小池抬起頭來，戴上眼鏡，同情似地對元子說：「合約上既然這樣寫，您就得依約支付兩倍的違約金給對方。」

期待落空的元子登時臉色慘白。

「但這只是雙方的約定啊。當初我一心只想買下『魯丹俱樂部』，沒多加思索就同意長谷川先生開出的條件，完全受制於對方，勉強接受支付兩倍違約金的要求。」

「儘管有上述情形，但原口小姐您同意簽名蓋章，這合約就有法律效用。」

受川原律師之託前來的小池律師慎重地這樣判斷著，但語氣中含有不容更動的意味。

「可是四千萬圓這個金額太大了。一般來說，訂金頂多五、六百萬圓就夠，若賠償那個數字的兩倍還可接受，但對方要沒收四千萬圓訂金，還要我賠上四千萬圓，未免太沒道理了。這樣豈不是把八千萬圓白白送給他嗎？法律會承認這種不合理的合約嗎？」元子彷彿長谷庄治就在眼前似地衝著年輕律師說道。

「是啊，依常識來說，要求這樣的金額很不合理。可是因為買賣金額太大，也是情有可原。真是遺憾……」

小池客氣地喝著面前的咖啡。看得出他正想像著川原律師和元子之間的親暱關係，斟酌措辭地說著。

「就算我在合約上簽名蓋章，後來發覺那樣的要求不合理，難道不能循法律途徑取消嗎？」元子追問道。

「如果是被人詐欺的話另當別論，否則只能向法院申請調解了。」

元子手頭還有一千萬圓存款。現在，她賣掉「卡露內」的一千八百萬圓，和那存款加起來也才二千八百萬圓，根本不夠四千萬圓。

當初她就是想買下「魯丹俱樂部」，才要賣掉「卡露內」。眼下「魯丹俱樂部」買不成，她若失去「卡露內」，便將一無所有。「卡露內」是她辛苦建立起來的城堡，她認為只要擁有這個基礎，她就有辦法東山再起。可是，她若真的必須依約支付四千萬圓，又放棄「卡露內」，她就不得不背負二千萬圓的債務。再說，她根本沒地方借錢。

元子在電話中向川原律師說過「走投無路」和「自殺」的字眼，這絕不是誇張的說法，實際上她已預感到走到這種絕境，嚇得全身顫抖。

「現在向您說明的只是我的看法，也許川原律師有其他的高見。我這就打電話到大阪給川原律師，向他報告我跟您晤談的內容。」

「川原律師會有其他意見嗎？」

這時，元子才深刻體會到「溺水者攀草求援」這句俗語的意思。

「我也不大清楚……」

小池對前輩川原律師的想法不便揣測，但是他的表情無不向元子說，我們的意見當然相同囉。

「原口小姐，我不知道川原律師會提出什麼意見，為了盡快解決這個問題，我說點個人的感想。」

「您請說。」

「您要不要考慮跟長谷川先生調解？」

「調解？」

「為了盡早解決問題，我認為只有這個方法可行。您請求他不要收兩倍的違約金。」

「……」

「我想對方已收了四千萬圓訂金，再要求您支付四千萬圓，內心多少有點不好意思。一旦已經簽了合約，雖然沒辦法叫他全額不收，但請他少收一千萬圓，或是減半只收兩千萬圓也是可能的方案。」

小池建議元子用兩千萬圓與長谷川調解。

然而，這樣非得把「卡露內」賣掉不可。乍聽下，請求長谷川把違約金減半是個不錯的調解方案，但這等同於失去「卡露內」。儘管可免除負債，元子卻將落的一無所有。

傍晚六時許，川原律師從大阪打電話到「卡露內」來。

「媽媽桑嗎？」

「哎呀，是律師啊？謝謝您，我已經拜會小池律師了。」

「嗯，我在電話中已經聽過小池的報告了，看來事情蠻棘手。」川原律師語氣顯得有些沉重。

「川原律師，這事情……沒有轉圜餘地嗎？」

「妳旁邊可能有人，所以妳只聽不要問話，我簡單告訴妳。」

「我知道了。」

「從結論來說，妳已經在合約上簽名蓋章，就有義務履行合約內容，沒有多餘的談判空間。小池說的對，妳最好跟對方調解，請對方只收一千萬圓。」

之前小池說，可用兩千萬圓與對方交涉，聽川原律師這樣說，難道用一千萬圓即可擺平嗎？

「話說回來，媽媽桑妳若堅強點，其實還有更好的方法。一般來說，合理的訂金約是賣價的一成。那四千萬圓是幾成？」

「賣價是兩億圓，所以是兩成。」

「兩成太多了。雖說簽約時，妳是迫於無奈同意支付兩成訂金，但怎麼說都不合理。其實只需支付一成的兩千萬圓，但妳已經付給對方四千萬圓，就算違約受罰，那些錢也足夠了，沒必要再付。」

「可對方不會同意吧？」

「是啊，所以他會告妳不履行合約義務，官司一打得花費兩年，但這樣妳就不必支付四千萬圓。總之，就是把對方導向對妳提告。所謂收了兩成訂金，違約時又要加收兩倍的違約金，都是違反商業習慣和社會觀念。」

「但對方不會要求扣押我的財產嗎？」元子用手遮住話筒，不讓別人聽到似地問道。

「冒昧請問一下，妳有多少財產？」

「我沒有不動產，只有酒店的權利金。」

「扣押酒店的權利金，只是酒店不能買賣而已，還是可以照常營業。就算權利金被扣押，也跟做生意無關。如果妳銀行有存款的話，最好趁早藏到別處。」

川原律師的錦囊妙計果真與年輕的靠行律師截然不同。

元子打電話到長谷川貿易公司，社長剛好在辦公室裡。

「早安，媽媽桑。」長谷川的語聲顯得格外高昂。

「早安！我知道社長非常忙碌，但我現在想去拜會您。」

「現在嗎？」

「是的，我有急事想找您。」

「嗯，請等一下……，啊，沒關係，歡迎您來。」

「那我就冒昧造訪了。」

「媽媽桑，日期愈來愈近了。哈哈哈。其實我也正想去找您呢。」長谷川大聲地笑著說。

長谷川大聲朗笑，元子卻愁眉苦臉。長谷川似乎貿然斷定元子將把尾款一億五千四百七十萬圓帶來。他大概做夢也不會想到元子要解除合約，從他笑得那麼開朗即可想見。

元子走出酒店的時候，店裡的小姐們無不驚訝地看著元子的表情，因為她的臉色蒼白，連原本做勢欲語的里子也嚇得把話吞了下去。

元子已做好心理準備，待會兒就要與長谷川庄治展開決戰。對方是酒店業的龍頭老大，絕不是簡單的對手，她緊張得眼睛佈滿血絲。

銀座的酒店街上燈火通明。她從未像今晚感受到這街燈的明亮。她告訴自己，無論如何都要守住「卡露內」，一旦失去它，她豈止不能再回到銀座，還可能就此流落街頭。

「媽媽桑！」獸醫牧野像蝙蝠般從走廊下走了出來。

「哎呀，是您啊！」

獸醫蓮步輕移似地走來，用女人般的聲音在元子耳畔問道：「『魯丹』的事情已經談妥了嗎？」

「嗯。總算……」元子支吾其詞。

「恭喜您啊。」

「……」

「價格一定很貴吧？」
「是啊。因為也有其他買家有意競購，所以我就……」
元子承諾支付不合理的訂金和罰款就是這個因素。
「有其他的買家？」獸醫納悶地問道。
「嗯。長谷川先生說是之前在他店裡待過的小姐。」
「我怎麼沒聽說呀。」
「什麼？」
「若有這方面的消息，應該會傳進我的耳裡。您別看我這個樣子，我在這方面消息可非常靈通呢。」
「……」
「消息之所以沒有傳進我的耳裡……，啊，我知道了。這是長谷川先生的策略。」
「您這話是什麼意思？」
「他故意說有買家競購，目的是讓您緊張早點簽約。這是賣家慣用的手法。」獸醫呵呵地笑著。

長谷川庄治獨自坐在社長室裡。長谷川貿易有限公司裡只剩社長室燈光明亮。

長谷川看到元子走進來，隨即停止書寫的動作，連忙把敞開的襯衫領口扣上，拿起掛在衣架上的領帶勉強地把它繫上。正要伸手拿起淡灰色的西裝時，元子開口了。

「社長，您不必這麼慎重其事啦，自然就好。」

看得出肥胖的長谷川非常怕熱。

「這樣子啊。那我就不怕在您面前失態了。哎，我一向最怕夏天到來，接下來我可有得受了。來，您請坐。」

長谷川請元子坐在沙發上，自己則離開辦公桌旁來到元子對面坐下。他那張圓臉從元子進門就笑得合不攏嘴，眼睛幾乎瞇成了細縫，只是那宛如顏面神經痲痺的半邊臉頰依舊不停抖動著。

他朝元子放在膝旁的手提包迅速瞥了一眼，似乎在想像著那裡面裝著一億五千四百七十萬圓。元子緊張得全身僵硬。

「今天中午，我去了一趟芝，白天已經熱得像大火爐。走到車外，大汗流個不停，尤其像我這種胖子比一般人更容易出汗。我打算在芝蓋棟公寓，所以去看看土地。最近精華地段的土地很難購得，就算看中意，價錢也是貴得令人瞠目結舌呢。」

從他的語意聽來，他為購得那塊土地，在資金調度上急需儘快拿到一億五千四百萬圓。

留守公司的男職員走了進來，放下附近咖啡廳外送來的冰紅茶和切片蛋糕就離開了。

長谷川用吸管慢慢地吸著冰紅茶的同時，鼻端的黑痣就會跟著抖動。他不時偷瞥元子，臉上逐漸失去笑容。因為看到元子變得沉默寡言、神情僵硬，讓他聯想起元子此行的目的，連他的眼神都變得格外疑懼。

元子自覺不能再猶豫不決，便從沙發上站起來向長谷川深深欠身說道：「社長，這次我是來向您致歉的。」

長谷川抬頭驚愕地看著弓身九十度、雙手擺在膝前致歉的元子。

「您怎麼突然這樣？」

「非常抱歉，因為發生突發狀況，我想跟您解除『魯丹俱樂部』的合約。我是專程為這件事情來向您賠罪的。」

「什麼？妳的意思是說不買『魯丹』了？」

「是的，我感到非常抱歉。」

長谷川驚訝地看著元子半晌，後來像是接受了事實似的，連續點了兩、三次頭。

「來，請坐下吧，這樣比較好講話。」

「謝謝！」元子低著頭坐下來。

長谷川面有難色地拿著香菸，邊打量著元子的表情，邊抖動著半邊臉頰點著了火。

「眼看著合約就要到期，妳卻突然說要解約，坦白說我簡直難以置信。這可不是兩、三百萬圓的合約，而是高達上億圓的買賣耶，我沒辦法立刻同意。這到底是怎麼回事，妳說來聽聽吧。」

「您說的有道理。其實這要怪我估算錯誤。我原本以為可以籌到一億六千萬圓，可後來情況生變了。當初我就是確信可以弄到這筆錢，才跟社長您簽下合約，不料這個盤算泡湯了。對不起，我只能談到這裡，恕我不能詳細說明。」

長谷川吐著青煙。

「詳細情形我不去追問，但我要告訴原口小姐，妳沒有把握籌到資金就跟我簽約，這做法未免太草率了。」

在這之前，長谷川總是以「媽媽桑」相稱，現在卻改口為「原口小姐」，顯現出長谷川的嚴厲態度。

「我真的太草率了。」元子咬著嘴唇說。

「我在商場上跟許多人簽過合約，可就在付款期限將屆的時候，一億九千萬圓的合約莫名其妙告吹，這還是頭一遭呢。」長谷川用關西腔毫不客氣地斥責道。

「我真的對您非常抱歉。」

「我原本以為妳會依約把尾款付齊，因而計畫了一些生意，這下子全被妳搞砸了。」

「給您帶來困擾，請您見諒。」

長谷川似乎真的動了肝火，扭著頭吸著香菸，隨後把菸蒂用力地在菸灰缸捺熄。

「原口小姐妳是付錢的一方，到這節骨眼才說付不出來，這我可不能接受。那好，我們來計算一下。妳什麼時候把四千萬圓的違約金帶來？」

「社長，那四千萬圓可否請您通融一下？我誠懇地拜託您。」元子又跪伏似請求道。

「妳這話是什麼意思？」長谷川俯視著欠身的元子，聲音冷淡。

「不好意思，我沒辦法支付那四千萬圓，因為我已經身無分文了。」

「合約上寫得非常清楚，如果原口小姐違約，除了訂金之外，還得支付同額的違約金。妳也是同意後才蓋章的呀！事到如今才說付不出錢來，這道理說不通啦。合約可不是像妳想像的那麼隨心所欲呢。」

「這道理我瞭解，可是我實在沒錢可付。」

「如果因為沒錢就不用付款這道理說得通的話，那又何必簽約呢？恕我直言，這種女流之輩的想法太幼稚了。買賣合約講求的是依約行事。」

「您真的不能通融一下嗎？」

「不行。」

長谷川堅決拒絕道，元子抬起頭來。

「我已經付給您四千萬圓訂金了，直到現在我沒拿到任何好處，好比把鉅款丟到水溝裡似的。而現在卻又要我再付四千萬圓。我什麼也沒拿到，豈不等於白白丟掉八千萬圓。我希望您能瞭解這件事情……」

「原口小姐，妳這種說法太過份了！妳說這好比把鉅款丟到水溝裡似的，但妳若履行合約，『魯丹俱樂部』就歸妳所有。當然，訂金只是總額的一部分，說起來，違反合約把大筆錢丟到水溝裡的是妳耶！可是聽妳的說法，好像是我平白拿了妳四千萬圓，又要勒索妳四千萬圓似的，實在令人遺憾啊！」

長谷川說得非常氣憤，痲痺的半邊臉頰頻頻顫動著。

「叫我不收違約金四千萬圓，我可辦不到。我清楚告訴妳，一切依約行事吧。」

「那把訂金四千萬圓減半，比如收兩千萬圓怎麼樣？」

「咦？」

彷彿猝不及防受到攻擊的長谷川，睜大眼睛地凝視著元子。他似乎終於瞭解此話的意思後，帶著冷笑說道：「原口小姐，妳的算盤打的可真精哪！」

「……」

「如果把訂金減半成二千萬圓，那違約時只需再付兩千萬圓即可，加起來總共是四千萬圓，就算一筆勾銷。換句話說，妳不需要再付分文。而且也算是依約付了罰款……。原來如此，妳設想的真周到啊。」長谷川驚嘆地凝視著元子。「那麼我請教妳一個問題，妳說將訂金減成兩千萬圓是依什麼基準算出來的？妳不覺得這種算法簡直是亂來嗎？」長谷川躬身向前，擺出欲聽對方說明的姿勢。

「是的，我覺得四千萬圓的訂金有點不合理。依一般買賣合約來說，訂金通常只佔賣價的一成。『魯丹俱樂部』的賣價是一億九千四百七十萬圓，所以合理訂金為一千九百萬。兩千萬圓的訂金就是以此為基準的。」

「噢，原口小姐，這方法是誰傳授給妳的？」長谷川泛著冷笑問道。

「這是我自己的想法。」

「是嗎。妳要這樣認為也無所謂。不過，我要告訴妳，這個基準根本是大錯特錯。剛才妳說得義正詞嚴，說訂金只需付賣價的一成即可，這是指一般買賣的慣例。但銀座的酒店業可不能跟一般情況相提並論！當初簽約時我已經說得非常清楚，難道妳忘了嗎？」

「……」

「妳若忘記的話，我可以再說一次。」

——話說回來，如果因為我的因素違約，也就是我無法將『魯丹』賣給您的時候，我當然會把四千萬圓訂金全數還給您。反過來說，倘若是您違約，我可要向您收取訂金的倍數八千萬圓。因為我賣掉酒店，得事先跟銀行協商，若是買賣中途喊停，銀行對我的信用將大打折扣，以後便很難向銀行貸款。不但如此，我還得存入鉅額定存讓銀行安心。另外，秘密出售酒店的事情，也難保不會走漏風聲。到時候職員和小姐無不人心惶惶，紛紛求去。具體地說，若因為媽媽桑違約使得這酒店賣不成，就算我重新執業，往來的廠商也會心存芥蒂，這些我都得花錢安撫他們。總之，在這種狀態下，我的損失可慘重呢。

「當初，妳不也是充分瞭解之後才在合約上簽名蓋章的嗎？」長谷川抖動著半邊臉頰逼問道。

「是這樣沒錯。」

「我沒說錯吧？事到如今妳才來跟我抱怨，我實在不知道妳在想什麼。如果妳背後有高人指點的話，請妳轉告他，銀座的酒店買賣合約比較特殊，跟一般的商業合約非常不同。」

元子的指尖顫抖著。

「那時候在合約上蓋章是我的疏忽。」

「什麼？妳的疏忽？」

「當時，因為我一心只想買下『魯丹俱樂部』，失去冷靜沒多做考慮。況且社長又說有競爭者出現，所以我決定得更倉促了。之前您說過有個在『魯丹』待過的小姐有意購買，請問她貴姓大名？」

「她姓什麼跟妳沒關係。」

「我聽熟悉銀座酒店業界的人說，除了我之外根本沒有人要競購『魯丹』。」

「噢，我不知道是誰在中傷亂講話，難道妳把它當真，專程來找碴的嗎？妳不也跟我討價還價，像是店裡有多少應收帳款啦、小姐的簽約金或定金啦，找了各種理由要我折讓了三千五百萬圓。」

「我這次是請求您只收總價一成的訂金而來的。」

「這個絕對辦不到。」

「為什麼不可以？」

「妳怎麼這麼魯鈍啊。我講了這麼多，妳還聽不懂？妳到底要不要付四千萬圓？」長川谷粗聲粗氣地說。

「我沒有錢。別說四千萬圓，我連一百萬圓也付不出來。」元子目光堅毅地回看長谷川。

「妳這個女人也真是倔強啊。我店裡有許多小姐，但從未看過像妳這麼厚臉皮的女人……。好吧，妳若付不出來，我只好訴諸法律途徑了。」

元子想起川原律師說的：盡量讓方提起不履行合約義務的告訴，這樣對妳比較有利。

「您說要訴諸法律途徑？」

「嗯，我要告妳不履行合約義務，先要扣押妳的『卡露內』，就算只能賣一百萬圓，也要把它賣掉。」

這是律師教元子的：對方只能扣押「卡露內」的權利金，而訴訟可能得費時兩年，這不妨礙她繼續做生意。

元子握緊拳頭告訴自己，我哪甘心這樣就失去「卡露內」呢！

「您要訴諸法律途徑，我也無可奈何，因為我實在沒錢了。」元子對情緒亢奮的長谷川冷靜地回答道。

「好吧，明天我就到法院提起訴訟手續，到時候妳不要哭喪著臉來求我！」

長谷川探出上半身，憎恨地瞪著元子。他那逼近的醜態讓元子心驚膽跳。

23

從那之後，一個月內都沒發生任何事情。

不，有個不容懷疑的事實。那就是與長谷川庄治簽定的買賣合約已經到期了，而元子付出的四千萬圓訂金也平白被長谷川拿走了。

元子心想，今後要花費多少力氣才能賺得四千萬圓？自從失去這筆鉅款後，她才深深體會到這筆錢的重要性。這筆錢在她手裡的時候，她還沒覺得數額之大，一心只想賺更多，總覺得自己的財產那麼少。可付出這筆鉅款之後，她才幡然醒悟其中的嚴重性。

今後要賺到四千萬圓可能得花費好多年的歲月。可她又安慰自己，也許這期間還有快速賺錢的機會，因為在此之前曾有過，以後肯定也會有機會的。

因此，她絕不能失去「卡露內」，只要擁有這間酒店就有機會扳回一城。相反，若失去它，以後便毫無機會可言。「卡露內」就是反敗為勝的基礎與契機。她根本無法依照長谷川庄治的要求支付四千萬圓違約金，而且差點失去那間酒店。一旦失去重要的據點，她便得流浪天涯。就算付出再高的代價，她也得守住「卡露內」。絕不能把它交給別人！

這次購買「魯丹俱樂部」完全是中了對方的詭計。首先是橋田常雄和安島富夫共謀，製造「欲賣梅村」的假消息，由「梅村」的女侍，也就是橋田的女人島崎澄江藉此放出風聲。「醫科大先修班」的「行賄關說名單」，正是他們三人的傑作。現在仔細回想起來，江口虎雄也大有問題。他不在家的時候，安島的女人居然進了他家家門假扮成「江口家媳婦」，把所謂「醫科大先修班」學生家長行賄關說名單交給了安島，看來他「不在」只是藉口，其實是安島的幫凶。元子愈想愈覺得這個可能性很大。

橋田為了製造讓渡「梅村」的假象，預先讓安島捏造「醫科大先修班」的行賄資料，其結果就是要引導她去買「魯丹俱樂部」，而長谷川和橋田以及安島三人都是共謀者。這樣說來，連放出「魯丹俱樂部」欲找買主消息的獸醫牧野也有嫌疑。若非他的耳語，她根本不知道「魯丹俱樂部」要賣。當時她聽得有點飄飄然，或許獸醫也是長谷川的手下。

儘管如此，元子想不通的是，橋田和安島為什麼要這樣逼害她呢？這點叫她百思不解，他們根本沒有理由憎恨她。

這其中必有蹊蹺。有人計畫陷害她，而且是精心安排。橋田和安島的背後肯定有個策劃者，這些計畫全是出自那人之手，而且對她的一切知之甚詳，目的就是摧毀她。話說回來，可以操縱橋田、安島以及長谷川三人，此人肯定來頭不小。他會是誰呢？她猜不出誰是幕後藏鏡人，總覺得似乎有個妖怪站在不遠處，令人膽戰心驚。

然而，元子覺得自己中了別人的圈套。若是遭到詐欺，當然就沒必要支付四千萬圓違約金。按正當手續進行的合約雖然有效，但用詐欺的方式法律上不會予以承認。說什麼她都不能放棄「卡露內」！

合約到期的翌日下午。元子收到了一封棕色信封的掛號信。信封上橫寫著「東京地方法院民事第九部」，收件人姓名的左側印有「急件」的字樣。

元子打開信封，裡面共有三份資料。

決定假扣押

東京都中央區八丁堀四丁目五十二號
債權人　長谷川庄治
東京都目黑區駒場一丁目四十七號　青葉公寓內
債務人　原口元子
東京都新宿區市谷藥王寺九十二號
第三債務人　倉田道助
有關當事者間於昭和五十四年提出（己）第參百貳拾壹號債權假扣押之申請，本院承認債權人之申請，判決如下。

主文

債權人爲保全和執行對債務人之扣押，可扣押債務人之債權清冊內之財物。
第三債務人必須依上述債權將債務支付給債務人。

第二份是：

債權清冊

昭和五十四年五月二十五日，債權人爲賣主，債務人爲買主，賣主基於買主不履行長谷川貿易股份有限公司四萬股股票之買賣契約請求賠償。

第三份是：

債權扣押清冊

一、壹千萬圓

但債務人可要求第三債務人退還位於東京都中央區銀座七丁目三十七號該大樓十七號室每月底支付貳拾萬圓租金期約兩年之租約簽定時所交繳之押金。

第三債務人倉田道助即「卡露內」的房東。

元子打電話到川原律師的事務所，他剛好在辦公室。

「啊，不必在意那個東西啦。」

元子念完地方法院的通知書以後，川原律師說道：「那是法院的八股文章，外行人收到這東西都很害怕，總之就是對方要扣押『卡露內』的權利金啦，媽媽桑。」

「這不影響店裡的生意嗎？」

「完全不會，它跟營業權沒有關係。」

「對方為了拿到扣押的權利金，會不會把我的店賣給第三者？」

「不可能。只要媽媽桑按時繳交房租，不但可以繼續營業，而且誰也拿妳沒辦法。」
「我該不該向法院提出假扣押的異議？」
「嗯，我是覺得沒必要，但也許向法院申請異議比較妥當。這幾天我會去店裡，再跟妳仔細商量。」
「萬事拜託了，律師！」元子不由得拿著話筒欠身致謝。
傍晚五點左右，元子離開了寓所。這時間去店裡還太早，所以她決定到豐川稻荷神社參拜，祈禱幸運再度降臨。
艷陽照在洋傘上，那強烈的光線逼得人頭暈目眩。地上的熱氣直撲而來，連正面東大校園內鮮綠的樹叢都顯得刺眼。站在月台上等車也不好受。
元子搭上電車。車廂內的冷氣暫時令人舒暢，但來到涉谷的電車以及轉乘地下鐵的顛簸讓她感到不舒服。其實這距離不長，而且她時常乘坐，但從未像這樣感到不適。或許是天氣太熱的關係，今天的氣溫特別高。
她乘坐地下鐵在青山一丁目站下車，猶豫著不想回到炎熱的地面上，但最後還是朝出口走去。
從車站到神社有段距離。徒步而去感覺更加炎熱，穿流不息的車陣令她眼花撩亂。好不容易來到神社的石階前，元子直覺得嘔心想吐。

來到賣供神用品的販賣部買了三個油炸豆皮，元子穿過圍著柵欄的狹小的紅色鳥居。她把供品供在小正殿前面閉著雙眼，雙手合什，口中唸唸有詞。

請神保佑我這次能渡過難關，今後運勢更加昌隆，一切平安順利。

因為天氣太熱，之前其他參拜者供放在正殿前的油炸豆皮已經餿掉。元子的鼻胃非常敏感，連忙跑到洗手間嘔吐。

頓時，心中掠過一絲不安，隨即又消失。

元子心想，不可能發生那種事情，她只不過是因為天氣太熱身體不舒服而已，也許有點輕微中暑。再說之前她因為神經太過緊繃，導致胃腸不好，她應該放鬆一下。她決定這件事若告一段落，要找個悠閒的溫泉旅館靜養兩、三天。

除了這樣沒有其他原因了，她告訴自己。

她在稻荷神社前坐上計程車。

「司機，請您盡量開慢一點。」

「您身體不舒服嗎?」

這次是位滿頭白髮的個人車行司機，顯得格外親切。車子開得很慢，一路沒什麼顛簸。

傍晚六點多，天邊還掛著斜陽餘暉。不過銀座的商店街已是華燈初上，陪酒小姐正疾步地趕往各酒店上班。

元子在「卡露內」附近下車，看到眼前異樣的光景。停著車輛的步道上站著五個陪酒小姐和領口繫著蝴蝶結的男子，抬頭望著大樓的三樓。他們全是「卡露內」的員工。

發生什麼事了？

潤子看到下了計程車的元子，連忙喊道：「媽媽桑妳來了啊。」

大家不約而同地湊上前把元子圍住。

「到底發生什麼事了？」

「有陌生人闖進我們店裡來……」

美津子正要說話的時候，調酒師來到元子的面前說明。

「我打電話到媽媽桑家裡，沒人接聽……」

「我因為有事很早就外出了。你們為什麼都站在這裡呢？」

「我們是被趕出來的。」

「被誰趕出來的？」

「我不大清楚，他們只說已經買下了『卡露內』。突然來了五個陌生人，他們直說從今天起老闆已經換人，就把我們給趕出去。那幾個人很像是幫派份子。我向他們抗議說媽媽桑沒提過這回事，他們反而把我臭罵一頓，非常兇惡。」

元子抬頭望著三樓的窗戶。

元子朝大樓走去。

「媽媽桑，妳不要進去，他們好恐怖喔。」

「你們在這裡等著。」

走進店裡，只見五個身穿黑色西服的男子隨意地坐著，拿著酒杯，看來他們自行從酒櫃取出白蘭地和威士忌。香菸的煙霧瀰漫店內。其中一名年約三十五、六歲，看似眾人中年紀最大的男子，發現站在門口處的元子，旋即站了起來。

「您是媽媽桑嗎？」他扣上西服前面的鈕扣，欠身說道。

「我就是。」

「您就是原口元子小姐吧？」

「你是誰？」

「我是這家公司的……」

男子從口袋裡拿出一疊名片，從中挑出一張，臉頰上帶著酒渦笑著遞給元子。元子看著那張名片。

東都政財研究所　公關部長　田部睦四郎

東京都涉谷區神宮前五之一「信榮大樓」內

元子心想，就是那棟大樓。在表參道左側，有棟用褐色花磚砌建的六層樓建築，大樓正面掛著「信榮大樓」四個金屬大字。前面有銀杏的林蔭大道，大樓旁有個紅磚砌成的花圃。旁邊有根如路標般的看板，上面寫著「東都政財研究所」。不僅如此，旁邊就是「聖荷西俱樂部　三樓」的招牌。

約有六十坪的「聖荷西俱樂部」想必規模豪華，這就是波子的酒店？當她如此想望著那扇沉重的橡木大門時，背後出現一個眼神銳利身穿黑色西服的男子，令她不寒而慄。那時她看到三個身著黑色西服的男子快步地走出那棟大樓，他們都是同夥……

那些人現在就在眼前！

「請問現在是怎麼回事？」

元子毫不示弱。儘管面對幫派份子，她照樣態度堅強地正面交鋒。

「我們是依所長的指示來的。這間酒店，從今天起已由我們所長向長谷川庄治先生買下來，非常遺憾，我們要請媽媽桑離開這裡。」

對方說話的口氣還算溫和，但抬起下巴用白眼仰看著元子的表情令人不悅。

「貴所長大名是？」

「他叫高橋勝雄。」

職業股東——元子想起獸醫牧野的話來。「東都政財研究所」只是個幌子，其實他是不折不扣的職業股東。信榮大樓就是高橋勝雄的據點。

「我跟長谷川庄治先生有點糾紛，今天才剛收到法院寄來的假扣押店裡權利金的通知書，但印象中，我並未把這店賣給長谷川先生，是貴所的高橋所長搞錯了吧。我還有營業權，沒有理由離開。請諸位現在就離開這裡，待會兒客人就要來了。」

分坐在各桌逕自喝酒的黑衣男無不聽著他們之間的對話。

「真是傷腦筋呀。」

自稱是公關部長的男子，故做誇張地回望著手下。一個身材矮小的男子旋即走近。

「部長，我們是受所長的命令來的，這裡的媽媽桑若有什麼不滿，請她直接向所長說，今晚我們先接管營業，客人就快來了。」

「嗯。」

公關部長對著部屬，不，應該是說對著他的手下說了幾句話，然後以銳利的眼神逼視元子。

「諸位要在這裡營業？」元子問道。

「嗯，這裡將是『聖荷西俱樂部』的分店，今後將由『聖荷西俱樂部』的波子媽媽桑掌管。」

波子！

元子聽到這個名字，旋即血衝腦門，怒火中燒。

「您是說……，波子要來接管這間店嗎？」

元子一時語塞說不出話來。她因為過度氣憤，連聲音都變調了。她凝視著公關部長田部顴骨瘦削的黝黑臉龐，眼前一片模糊。

「我們買下這間酒店，本來就是要把它做為『聖荷西俱樂部』的分店，當然是由波子媽媽桑掌管。」田部吊兒郎當地慢慢說道。

田部的聲音中，隱藏著充分的算計。看來他的目的是在激怒對方。

田部沒有直接叫「波子」的名字，而是以敬稱叫波子為「波子媽媽桑」，因為她是老大的女人。他是故意的。

「買下這間店？您是說波子買下這間店了嗎？」

「買下酒店的是我們所長，經營則交由波子媽媽桑。」

「我可沒把這酒店賣給高橋先生。今天早上，我收到法院寄來的假扣押通知書，那是長谷川先生把這店的權利金做為未付款的抵押。不過這筆未付款，我可不承認喔。所以長谷川先生根本沒有道理把這間酒店賣給高橋先生！波子若敢來這裡，我絕對會把她趕走！」元子氣得語聲顫抖。

「這可麻煩了。原口小姐，我可沒聽所長說您跟人家打官司的事，但從今晚開始『卡露內』就是『聖荷西俱樂部』的分店，所長交待我們來『卡露內』做準備，才會把店裡的小姐和調酒師請到外面去。」

「這樣不就是暴力脅迫嗎？」

聽到元子這麼一說，各自喝酒的手下隨即抬頭看向他們。

「請您不要說什麼暴力脅迫嘛。我們又沒做什麼。」

田部的雙手往旁一伸，扭動著手腕。他邊做這個動作又回頭看著那些部下。

「喂，你們也這樣認為吧？」

「是啊，我們什麼也沒做，不是嗎？」

那些男子時而像遭搶劫似地雙手抱頭轉動著，時而冷笑著。

飽受嘲弄的元子大發脾氣。

「你們都給我出去！」元子怒聲喊道。

「哎，原口小姐，妳冷靜一點嘛。」田部做出勸阻的手勢說。

「……」

「那麼這樣子好了。我剛才已經說過，我們並沒聽所長說您跟人家打官司。其實我們可以把您的話向所長報告，但又怕問題愈講愈複雜，難保我的報告不會出錯，這樣就更麻煩了。也就是說，只會徒增誤會而已，倒不如由您直接向所長說明？」

「高橋先生會來這裡嗎？」

「不，勞您大駕到原宿的總公司去，這樣我就不會挨所長臭罵。勞煩您了。」

田部點頭致意道，跟在後面的手下也依樣向元子欠身致意，這回看起來出自真誠。

照理說對方應該主動來訪，用不著她專程前往，她很想予以拒絕。但轉念一想，高橋不可能馬上前來。他是個自負甚高的職業股東，為了擺出威嚴架勢，總要花費時間，也許得等到明後天才會來，這段時間她可無法安心做生意。

另外，高橋若來店裡，肯定會在店裡的小姐面前爭論，到時候她可能會露出醜態，失去鎮靜，對她不利的流言就會迅速傳開。她若主動前往，多少可以免除尷尬。

再說，去信榮大樓可以見到波子，當面痛快地罵個夠。現在回想起來，這個詭計絕對少不了波子，因為波子恨元子把她跟「卡露內」開在同大樓的酒店「巴登．巴登」搞垮了。加上元子以逃漏稅威脅波子的幕後金主，婦產科院長楢林謙治，使得她失去了金錢支援，波子對她可說是恨之入骨！

——媽媽桑，我的前途都被妳給毀了！妳用身體搶走我的男人，還毀了我辛苦開設的酒店……

——我搶走妳的男人？哼，妳不要血口噴人！妳冷靜一點！

——妳這個壞女人！妳這個壞女人！

元子想起了之前那一幕，波子淚流滿面地跑了進來，伸出塗著紅豔指甲油的手指朝她的臉頰抓去，另一隻手揪扯她的頭髮。那時候波子的表情簡直像個女鬼。那時的痛楚元子至今還記憶猶新。

波子跟楢林分手後，輾轉成為職業股東的女人。這女人簡直像個妓女，為了金錢什麼男人都來者不拒。她之所以叫高橋出資開設氣派豪華的「聖荷西俱樂部」，顯然是為了報復「卡露內」。她真想撕下波子的臉皮，朝她吐口水臭罵一頓才會氣消。所以，現在去原宿的「信榮大樓」豈不是個機會？

「好吧，那麼我直接到信榮大樓拜會高橋先生。」元子斷然說道。

「噢，您願意前往啊？真是太感謝了。」田部臉頰上堆著深深的酒渦，瞇著眼睛。不過他的笑臉仍顯得陰沉。

「不過，我想先找個人商量，說不定也可請那個人一起拜會高橋先生。」

「他是什麼人？」田部緊皺雙眉。

「恕我不能透露，等他同意之後我再告訴您。」

「總共有幾個人？」田部似乎以為來者勢眾。

「一個人。」

「一個人？」

這時田部才解除心防。

「沒問題。您方便就是。」

「我現在打電話給他，請您們暫時離開一下。」

「嗯。喂，兄弟們，我們先到走廊去。媽媽桑要打電話給朋友，我們在場的話會妨礙她講話。」

大哥一聲令下，手下接連站起來推開門到外面去了。

元子拿出記事本看著通訊錄，撥打電話之前先看了一下手錶。不知川原律師是否還在辦公室？

一個職員接起電話，輕聲請元子稍等一下，川原律師還在辦公室。果真是他的聲音。

「律師，今天早上謝謝您的解說。」元子先感謝律師對法院寄來假扣押通知書一事的說明。

「不客氣。」

「可是我到店裡來，情況卻變得糟透了。」

「什麼情況？」

「我簡直嚇呆了。」

由於事發突然，元子沒時間說清楚，只大略說明東都財政研究所自稱向長谷川庄治買下

「卡露內」，今天派了五、六名男子佔據店裡的經過。

「他們那麼過份啊？」聽元子這樣描述，律師怒然說道。

「……今天早上，我已在電話中告訴您，酒店的經營權還是歸您所有，長谷川先生沒有經過您的同意逕自把它賣給第三者是違法行為，主張當然無效。您這樣告訴那些人，叫他們統統回去。」

「我已經說了，可那些人就是佔據著不走，還叫我到他們原宿的事務所直接找所長洽談。我不希望在店裡發生任何糾紛，所以我現在就要去找對方。但是我一個人去又覺得孤立無援，雖然您事務繁忙，如果您方便的話可否與我同行？」

元子希望律師用法律條文駁倒對方。

「我剛回到辦公室，跟您同行也無所謂。您知道對方叫什麼名字嗎？」

「對方是東都政財研究所的所長，叫做高橋勝雄。公司在原宿的信榮大樓裡。」

「他叫高橋什麼來著？」

「叫做高橋勝雄。」

「他不是超級職業股東嗎？」

「好像是的樣子。」

「嗯……」律師在電話中低吟著。「我跟您同行的話，有點不方便。」過了一會兒，律師的口氣有點改變。

「咦？」

「我們幹律師的不方便跟那種職業股東正面交鋒。這次我不去了。」

川原律師聽到高橋勝雄的名字後，突然取消同行的打算。一般人可能不瞭解，但他當然知道高橋勝雄是赫赫有名的職業股東。

職業股東向來是靠智慧藉機敲詐，但近來的職業股東與暴力集團合作愈來愈密切。高橋勝雄是職業股東中的翹楚，他每年利用暴力集團的力量向各企業和金融機構勒索的錢財不計其數。信榮大樓就是靠這些錢蓋起來的，與此同時，波子開設的「聖荷西俱樂部」資金也是來自這些不義之財。

元子並非不知道川原律師聽到高橋勝雄的名字而感到恐懼。對川原律師而言，沒有必要為了酒店假扣押這等芝麻蒜皮小事，與有暴力集團撐腰的職業股東爭執或起衝突。做律師的當然會這樣判斷。

元子推門而出。

田部從聚集在走廊下的男子當中走了過來。

「噢，您打完電話了嗎？」

「打完了。我現在就去見高橋先生。」

「您的同伴呢?」

「我一個人去。」

田部睜大眼睛，但隨即點頭含笑著。

「很有膽識嘛。那就跟我來吧。」

「您們這夥人都要跟著去嗎?」

元子望著乍見無所事事的那群黑衣男子。想不到一個弱女子的大聲吆喝居然發生效用。

「我帶路就行了。你們各自散去吧。」田部命令手下撤走。

元子走進電梯之後，只有田部隨後跟進。

他們來到外面。站在路上擔心事件發展的小姐和調酒師隨即跑至元子的身邊。

「我出去一下，你們趕快到店裡準備招呼客人吧。」

「知道了。」

眾人答道，但仍心有餘悸地望著跟在元子後面的田部。田部一邊對她們說，媽媽桑說的沒錯，妳們趕快進去吧，一邊笑個不停。那眼神好像是說，反正你們頂多只營業到今天晚上。

調酒師來到元子的耳畔低聲說道:「要不要我陪您去?」

「不用啦，你不必擔心。」

元子心想，調酒師跟去也無濟於事。

田部見狀，疾步走至調酒師的身旁。

「大哥，你怕什麼嘛。反正只跟媽媽桑借一個鐘頭而已。」

調酒師聽到那威脅的口氣很快就走開了。

一輛黑頭車從車陣中駛出，停在田部的面前。

「請上車。」田部打開車門說道。

這時正是銀座行人眾多的時刻。行人在路燈下悠閒地漫步著，年輕男女親密地挽著手臂。不過，這些情景與車內的僵硬氣氛毫無關係，車內外像是兩個世界。

田部坐在前座，偶爾與司機交頭接耳說些什麼，司機只是一味地點頭。

元子覺得像是被護送似的，因而沒那麼緊張。或許是因為她單身赴會坐上車子後膽量大了起來，她想如果對方大有來頭，應該會展現威嚴和度量。而且原本她就比較站得住腳，若跟對方懇談細說，或許會給些通融也說不定。

元子聽說像職業股東這樣的重量級人物，公司和銀行高層招待他們到高級餐館用餐時，他們總是背向壁龕的立柱坐著，這表示他們地位崇高。而且他們還會被尊稱為「先生」。雖說這是示弱者的追捧之舉，但高橋勝雄既然被尊稱為「先生」，大概不會做出不講理的舉動吧。

車子從赤坂駛往青山，在表參道左轉，紅色的車尾燈隨即沒入車流之中。對面車道的車燈熾亮地直射而來，來往的車燈交相照亮，照出銀杏林蔭大道的暗影。林蔭下可見行人漫步著，有個女人的上半身幾乎呈現半裸狀態，這是元子習以為常的情景，但這時候顯得特別遙遠和新奇。

車子停下來了。

左側是信榮大樓，在這一路整排像外國商店街的明亮燈光下，唯獨那棟大樓像缺了洞似的幽暗，只有方形的入口處像白晝般敞亮。

田部走在前面，大樓裡空蕩蕩的。他按了電梯按鈕，元子抬頭看著上方儀表板的數字等待的同時，立在旁邊大理石地板上雅致的招牌——「Club San Jose」幾個外國字映入眼簾。

元子突然驚覺到，對了，她怎麼沒想到「聖荷西俱樂部」的波子呢！這次絕對是波子策動高橋這樣做的。在此之前，她始終期待高橋身為重量級人物的「寬宏大量」的一面，但這是她的錯覺。高橋為了他的女人波子會做出什麼事情來誰也料不準。

這時候，她想起波子跑來「卡露內」時撂下的狠話。

——妳給我記住，妳這個壞女人！我恨妳！我會讓妳在銀座無法立足！

元子想到這裡，不由得全身顫抖起來。當她本能地看向緊急逃生口的時候，電梯緩緩而至，電梯門敞開了。

「來，請進吧。」田部推著元子的背後催促著。

走出電梯來到四樓，走廊上沒有半個人影，燈光暗淡，只見各辦公室的金屬把手閃耀著。大概是冷氣太強，元子走在空蕩蕩的走廊上感到背脊發涼。走在前面的田部踩著亞麻布地毯的腳步聲顯得格外響亮。

田部停下腳步，輕輕地敲著，然後回頭看著元子。他把門大大推開，帶著元子走進去。

所長室十分寬敞，燈光明亮，不知情者還以為走進了畫廊。三面牆壁上掛著各式大小幅油畫，題材有風景、靜物和裸婦，畫布上的油彩與厚重的金色粗框相互輝映。

辦公室後方正中央的牆上掛著一幅大型畫作，前方座椅上一個頭髮半白的男子抬起頭來。他的臉孔與畫框不成比例，顯得很小，約莫五十歲左右，穿著襯衫，肩膀瘦削。

「所長，這位就是原口小姐。」田部移了幾步，介紹站在他後面的元子。

「噢，來了啊。」

這是他初次見面的招呼。他拿下眼鏡，把它放在正在看的資料上。他的眉間很窄，還有數道皺紋，鼻孔有點大，撇著薄唇，顴骨突出，下巴扁平結實。

他就是職業股東高橋勝雄嗎？他比元子想像的還要瘦弱。

「坐下吧。」高橋指著對面椅子說。

元子默默點頭就坐，卻沒說什麼，她認為自己被叫來這裡責任全在對方。

接著，田部把他在「卡露內」與元子的談話經過向高橋做了報告。

高橋勝雄雙肘立在桌上，十指交扣托著下巴，嗯嗯哼哼地聽著，眼尾和嘴角堆著微笑，但眼睛直盯著元子，眼神冰冷而銳利。

「給您添麻煩了。」聽完田部的報告後，高橋勝雄稍稍向元子輕點頭，口氣十分平和。「坦白說，我平常忙得不可開交，根本不想插手這些雞毛蒜皮的事，但有時候仍得聽取年輕人的要求，否則他們以後就不聽我的話了。這點實在很難拿捏呀。原口小姐，這件事您就看在我的情面上，不要太計較好嗎？」

元子原本想說，你所說的年輕人就是波子吧？但話到喉頭又吞了下去。她一想到眼前這個男人就是疼愛波子的人——有黑道背景的職業股東，其形象正如他的身材看起來格外卑微。

「所長先生，」

其實，元子很想叫他一聲老大。

「您這樣講就不合乎情理了。我認為您根本不必欺負我這個弱女子，『卡露內』只不過是間不起眼的小店而已。」

「嗯，我知道您的意思。可是我不想跟您談這些糾纏不清的事。總歸一句，我已經向長谷川買下『卡露內』了，也許您有諸多不滿。怎麼樣，給您三百萬圓如何？」

「是所長要給我的嗎？」

「算是慰問金吧，因為您也有許多苦衷。」

「我不答應！」

元子斷然回答時，站在旁邊的田部面帶怒容地動了一下。

「長谷川先生確實申請假扣押我店裡的權利金，但我並未答應把酒店讓出來，我還要繼續營業。」

驀然，電話響了。田部拿起話筒，旋即轉身告訴高橋勝雄：「所長，昭和銀行的山口先生打來的，他說正等著您的光臨。」

高橋看了一下腕錶，交代田部回覆對方，他馬上就去。

這是來自銀行的邀宴。高橋這名職業股東今晚又將在某高級餐館接受招待。通常在營運上有若干弱點的金融機構和公司企業都非常畏懼職業股東藉機搗亂，除了送上大筆捐款之外，還得宴請他們到高級餐館加以奉承。那些職業股東食髓知味後，除了接受招待之外，平常在外面吃喝花費的帳單也都由「老顧客」公司企業代付。

此外，那些職業股東手中多握有發行雜誌這種恐嚇利器。他們會在雜誌上寫些捐款太少或拒絕的公司企業的負面消息。元子任職東林銀行千葉分行的時候，曾聽過這些惡劣的行徑。

這麼說來，高橋勝雄應該也有發行類似的雜誌。這棟大樓外面掛著一塊「展開出版社」的招牌，也許高橋出版的雜誌就是《展開》。

聽說有些企業除了致贈捐款之外，還會送骨董字畫給職業股東。高橋似乎很喜歡收藏畫作，掛滿整個所長室牆上的油畫八成都是來自企業的捐贈。所以全是高價的畫作，光看那幅玫瑰畫，就知道是某亡故大畫家的作品。不過，這些畫作風格殊異，熱鬧有餘，但缺乏整體感。也許這就是職業股東的特殊趣味。

「原口小姐，您那麼打拚也不算壞事啦。」

高橋從抽屜裡拿出一個小瓶子，倒了五、六粒往嘴裡咬磨著，那好像是壯陽劑。他邊咬吞下，邊說道：「……就算您想繼續做生意，一旦酒店倒閉豈不是賠了夫人又折兵。」

「我已經打拚到現在，絕不會讓它垮掉的。」

「可是客層會改變啊。」高橋的口氣仍很溫和。

「客層？」

「沒錯。不信的話您等著瞧，今天到您店裡的那夥年輕人今後每天都會去喝酒，當然是以客人的身份去。他們會點杯最便宜的兌水威士忌，從晚上九點坐到打烊為止，那些上門的上班族和老顧客看到這場面不怕才怪呢。不僅我這裡的員工會去，其他幫派的人也會去捧場。只要店裡有臉上劃疤的人在場，客層當然就會跟著改變。」

「所長先生，您是在威脅我嗎？」

「不是。」高橋搖搖頭。

「這是所長給您的建議和忠告啦，原口小姐！」

田部插嘴道：「到時候店裡的小姐和調酒師都會辭職不幹，即使您一個人硬撐，不但會搞到酒店倒閉還得背上一身債。我不跟您惡言相向，您就聽從所長的指示，拿著三百萬圓走人吧。」

「我不要！」元子抿著嘴唇說道。

「田部，」

「是的。」

「你還沒有給客人上茶呢，去三樓端點飲料來吧。」

元子聽到「三樓」這個字眼，突然像遭到電擊似的。因為「聖荷西俱樂部」就在三樓，凡是波子店裡的飲料，即便是杯紅茶，她也不想沾上一口。

「我什麼都不想喝，謝謝！」

這時候，電話又響了。田部拿起了話筒。

「呀，是安島先生啊。」田部隨即帶著笑聲說話，然後仰著下巴聽著。「上次，謝謝您的幫忙。您還是老樣子幹勁十足嘛。哈哈哈……」

元子知道自己聽到安島的名字時臉色丕變，心臟狂跳不已。

「嗯，所長還在這裡。是的，請您稍等一下喔。」田部用手遮住話筒，做勢把它遞給高橋。

「所長，是安島打來的，他說現在跟橋田在赤坂的『梅村』等您，還說昭和銀行的山口先生等重要高層都在等候您的大駕呢。」

「是嗎，你跟他說我馬上到。」

「安島先生。」田部將話筒擺回自己耳邊。「讓您久等了，我們所長馬上就到。」

田部擱下話筒的同時，高橋站了起來。他的個子實在很矮。田部見狀迅即趨前跑去拿取掛在衣架上的西裝上衣。

元子之前的疑惑透過安島這通電話終於弄明白了。果真是安島富夫和橋田常雄以及職業股東高橋勝雄聯手幹的好事！這是一個設局精巧的計畫！而且是個龐大而縝密的陷阱！

體格瘦小的職業股東伸手邊讓田部從後面幫他套上西裝上衣，邊對元子說：「原口小姐，您一個弱女子這麼打拚事業，實在不簡單哪。不過，至今您都能如願以償，接下來該是您惡貫滿盈接受制裁的時候了。」

「我惡貫滿盈？請您不要說那麼難聽的話。我什麼時候做過壞事啊？」

元子語畢，體格瘦小的職業股東開懷地笑著：「我什麼事都瞭若指掌。原口小姐，我們的八卦雜誌《展開》沒有把您的事情揭露出來，您還得感謝我們手下留情呢。」

「咦？您說什麼？」

「您還沒想出來啊？我現在要趕去赤坂的『梅村』赴宴，再不去的話就來不及了。到底什麼事您待會兒就知道。」

高橋話還沒說完，電話又響了。這次是高橋自己接電話。

「哎呀，是澄江啊？」

元子嚇了一跳，沒想到這次來電的是島崎澄江。

「我正要坐車去。嗯，我知道，讓你們久等了。再過十五分鐘後就會到達啦。澄江，妳的聲音總是那麼嬌柔迷人。不，我是說真的。」

放下話筒後，高橋勝雄望著氣急敗壞的元子。

「對不起，我失陪了。」

高橋跨步邁出前的回頭一瞥，予人遠比他那瘦小的體格大上好幾倍的威壓感。

一個男子幾乎與高橋擦身而過走近。由於他從元子的後方走來，站在她身後，所以她不知道是誰，心想可能又是高橋的部下。

「原口小姐，我按所長的指示，寫了這張切結書，請您照抄一遍！」

站在後面的男子從旁遞出一張紙放在元子面前。由於他長得很高，元子只看到他的手。

「切結書？」

元子倒吸了一口涼氣。切結書……切結書——這不就是之前她為了獲取「梅村」的土地，逼迫橋田寫下切結書的報復嗎？

「切結書——本人同意並承認『卡露內』之經營權由長谷川庄治讓渡給高橋勝雄，今後與『卡露內』沒有任何關係。

昭和五十四年七月十一日　原口元子」

元子真想把那張切結書撕掉，直喊道：「我絕不可能簽署這種切結書！」

元子抬頭看著那個男子的同時，不由得撞倒椅子跌站起來。因為那名男子就是前東林銀行千葉分行的裏理村井亨！

田部邊笑著邊介紹道：「來，我幫您們介紹一下。這位先生姓村井，是我們公司的會計股長。」

「好久不見了，原口小姐。」

村井亨說話的聲音依舊沒有改變，那好像是上年紀的人慣有的嘶啞聲。

「當初，我和藤岡經理和總行的顧問律師跟您在銀座的咖啡廳見面之後，算算已將近三年了吧？」

元子沒有說話。

「村井，原來你認識原口小姐啊？」田部故做意外地驚聲問道。

「我在東林銀行千葉分行當襄理的時候，原口小姐是我的部下，她擔任存款部門的業務。多虧她做的好事，我的後半生全毀了。」

「為什麼？」

「她利用職務之便盜領了七千五百萬圓，全是來自人頭帳戶或無記名存款。簡單地說，她把別人的錢全偷走了，而且還揚言銀行若敢向警察提告，她就要向國稅局檢舉客戶逃漏稅。她手上有本記載著人頭帳戶和秘密存款名單的黑革記事本，我們拿她沒辦法。為了保護存款戶，銀行立場很為難，因此七千五百萬圓就白白被她坑走了。最後一次談判就在銀座的咖啡廳，連我們總行的顧問律師都束手無策。」

「噢，原來發生過這種事情啊？」

田部明明聽村井亨說過了，還故意瞪大眼睛望著元子。

「原口小姐拿了那筆錢開了『卡露內』是嗎？」

「大概是吧。」

前村井襄理轉身看著元子：「原口，因為妳的關係，藤岡經理和我都被降調了。藤岡經理被流放一年後病死異鄉，確切地說是鬱悶而死。想必他對妳是恨之入骨吧。」

「……」

「後來，我被調到九州大分縣的中津分行，眼看升遷無望，乾脆向銀行提出辭呈。回到東京以後，開始找新工作，卻在街頭遇見當時的櫃檯員柳瀨純子，讓她看到我落魄的模樣，實在羞愧得要命。」

元子想起在赤坂見附地下鐵月台上遇見柳瀨純子的情景，村井襄理轉調九州後辭職的事就是柳瀨純子在那時候告訴她的。

「現在，多虧高橋所長的溫情不棄，收留我在這家公司。話說回來，要不是妳，我的人生也不會這麼淒慘！」

元子終於明白高橋勝雄笑著說「妳待會兒就明白」的意思了。啊，原來如此……

元子又想起一件事來。之前她來信榮大樓查看環境的時候，看到有個身材高大的男子走進大樓入口，當時覺得那人的身影有點面熟，想不到他居然就是村井亨。

「原口小姐，妳這個女人真是狠角色哪。難怪村井對妳怨恨如此深，就算村井把妳剁成八塊，妳也不得抱怨。」田部加油添醋地說。

元子用眼角瞥著喧嚷的田部，隨後目光像火焰般瞪著村井亨。

「村井先生，您是因為對我在東林銀行千葉分行所做的事餘恨未消，拜託高橋先生用這種方式來報復我的嗎？」

這句話則由旁邊的田部代答，他對元子的措辭已經從「媽媽桑」變成「妳」了。

「妳這個不要臉的小偷，盜領了七千五百萬圓，還威脅村井他們，害得村井和分行經理被降調到鄉下，最後經理病死異鄉，連村井都只好辭掉銀行的工作。村井恨妳是理所當然的，可是妳卻不知悔改，妳實在是厚顏無恥啊！」

「我看村井先生不便說什麼，那麼我問你。」元子突然轉身看向田部。

「什……什麼事？」田部退了一步。

「你的老大高橋先生就是受村井先生之託，設局來陷害我的吧。簡單講，這是醫科大先修班的橋田和前國會議員秘書安島等人聯手合演的計謀是吧？」

「才不是什麼計謀呢，妳要怎麼想隨妳便。」田部若無其事地說。

「看來當上職業股東後，連補習班老闆和前國會議員秘書都要歸順在他的旗下嗎？」

「我們所長交遊廣闊，各界人士自然慕名而來。」

「這都是金錢在作祟！職業股東抓住銀行和公司企業的弱點，藉機大撈黑心錢，幹的勾當比我還要惡劣幾十倍幾百倍，沒有理由只有我遭到這種對待。」

「妳竟然敢批評我們所長。」

「我只是實話實說而已。」

「妳若不是女人，我早就把妳痛扁一頓了。喂，村井，你還在拖拉什麼，快叫這個女人寫切結書呀！」

「是的。」

村井把紙筆放在元子面前。

「原口，妳趕快照抄一遍吧。」

「不，我不寫。」

「快寫！」

「我不要。」

就在元子哀聲叫著的同時，後面的門打開了。

「田部先生，你們在爭吵什麼呀？」

「噢，媽媽桑。」

元子循聲望去，只見波子化著濃妝，穿著畫著黑松圖樣的紫色和服，配上金色仿織錦腰帶，露出紅色腰帶襯墊，脖頸細白如雪，面帶微笑故做嬌態緩緩走來。

「元子媽媽桑，好久不見了。」

波子走到田部的面前，輕輕地向元子點頭致意。

「……」

元子一時說不出話來，只是目不轉睛地盯著盛裝的波子。她屏氣凝神地看著波子的「蛻變」模樣。

「妳還是沒變，很有幹勁的樣子嘛。」波子充容不迫地對元子說。

元子沒有回答，直瞪著波子。她知道波子在盤算什麼。早在她來此之前田部即已知會波子，給予她盛裝打扮的時間。波子穿著華麗昂貴的和服現身，不但可以向元子示威炫耀，也是一種精神上的報復。元子看著更是怒火中燒。

波子回頭看著田部，問道：「你為了什麼事跟『卡露內』的媽媽桑爭吵呢？」

「嗯，因為原口小姐不肯簽寫切結書。」田部抬手摸著頭表示無可奈何，但看得出這個動作是刻意之舉。

「這樣子啊。」波子轉身看著元子。「媽媽桑，以後『卡露內』就由我經營了，我就是老闆，請多指教囉！」波子欠身致意道。

「……」

「儘管事情已經談妥，但為了今後避免不必要的糾紛，希望妳趕快簽寫『卡露內』的讓渡切結書。」

「這一切都是妳在暗中搞鬼策劃的吧？」元子瞪視著波子。

「哎呀，妳在說什麼呀？」

「妳少裝蒜！妳為了奪走我的店，利用替你購買盛裝的高橋先生來打擊我是吧？」

「妳要胡猜我也沒辦法。我奪走『卡露內』那間小店幹嘛呢。老實告訴妳，我已經買下『魯丹俱樂部』了。」

「什麼？」

買下「魯丹俱樂部」——元子想起長谷川庄治傲慢的臉孔來。職業股東高橋勝雄的「金錢」與「面子」果真發揮作用。

「所以，我才不管『卡露內』的死活，之前我不是告訴過妳嗎？我絕對要讓妳在銀座無法立足，我只是想實現自己的諾言而已。」

元子看到波子驕傲自滿的表情，加上那充滿復仇快意的高亢聲，不由得大聲罵起來。

「妳這個妓女！」

「妳罵我什麼？」波子臉色大變。

「難道不是嗎？妳先跟婦產科院長上床，然後又勾搭上職業股東，聽說在此之前還跟幾個男人搞在一起，只要對方有錢統統來者不拒，這跟妓女有什麼兩樣？」

元子從椅子上站起來，和波子怒目對峙。村井嚇得退到後面，田部則興趣盎然地旁觀。

「妳居然敢這樣污辱我！」波子豎眉瞪眼地說。

「我沒有污辱妳，我只是實話實說而已。」

「那妳又算什麼貨色？聽說妳在所屬的銀行盜領了客戶的七千五百萬圓，還威脅銀行不可聲張，好個勒索不手軟的女人啊！妳數落我跟楢林院長如何如何，那妳又有多高尚，還不是色誘楢林院長到賓館，抓著他逃漏稅的弱點，向他敲詐了五千萬圓，用這些黑心錢經營『卡露內』。」

元子心想，波子知道她向楢林院長敲詐一事，肯定是楢林告訴波子的，這樣看來，楢林謙治還跟波子持續交往了一陣子。

「妓女！」元子再度破口大罵。

「哼，妳也好不到哪裡。妳不也跟安島富夫搞過嗎？」

「……」

元子氣得頭昏眼花，這件事絕對是安島告訴波子的。

「像妳這種醜八怪竟然奢想有男人愛妳，簡直是天大笑話。妳這種貪婪的女人只適合當個小酒店的媽媽桑，居然敢用『女色』勾引男人，今天才會掉進這個陷阱。」

「妳說『陷阱』？」

「是啊。妳若不使出女色的話，或許中途便可看出蹊蹺，但因為妳貪婪無度才無法看清事實。安島先生把妳的事情都告訴我了，而且講得非常仔細，包括妳叫他怎麼溫柔對待妳等等。安島先生幹過議員秘書，辯才無礙，由他來形容，簡直像在觀賞色情電影似的。」

元子聽到波子這樣形容她跟安島的情事，臉頰和手腳都顫抖起來。她想像著安島猥瑣地比手畫腳的模樣，而波子就站在他的旁邊開懷大笑。

「安島先生說，跟那種對男人不感興趣的女人打交道最恐怖了。他現在被妳拚命倒貼的樣子嚇得無處可逃呢。」

元子低著頭緊抿著嘴唇，波子則是愈罵愈起勁。

「像妳這種女人只適合在鄉下的銀行分行整理傳票，竟然野心勃勃幹出這種事來，害得像村井先生這樣的老實人走投無路。妳知道妳害慘了多少人嗎？妳即使被砍死也算死有餘辜。」

始終低著頭的元子猛然向前衝去。

「妳這個爛女人，賤貨！」

元子嘶喊著，卻說不出完整的話來，只能像野獸般撲向波子。

波子嚇得倒退尖叫。元子的指甲迅即在波子臉上抓出兩、三道淡淡的血痕。元子見狀旋即更瘋狂地揪住波子的頭髮，用力拉扯著其白色的和服衣領，經這麼一扯，波子立刻裸露出半邊胸肩。這僅只是瞬間發生的事情。

「啊，啊……」

元子發出奇怪的吼聲，咬住波子的肩膀。波子隨即尖叫起來，和服的衣袖被撕破，腰帶鬆開了，胸前也為之裸呈。

波子拚命地推開直撲而來的波子，邊朝門口逃去，邊大聲喊道：「田部，快把這個女人殺掉！」

當元子正要追上死命逃開的元子時，田部迅即把倒下的椅子推向前去。元子只知道自己快要絆到椅子之前，傾身跌倒撞上附近的桌角，之後什麼也記不得了。

元子之所以清醒過來，不知是因為路上顛簸或是過於疼痛所致。也許是太過顛簸的關係吧。她整個身體被固定在床上，耳朵只聽見警報器的聲音。當她知道自己躺在救護車的同時，下腹部卻覺得刺痛無比。

她想動動手腳時，才知道自己被牢牢綁住了。支架上掛著一個紡錘形的容器不停晃動著，一條白色細管連接著她的手臂，每掙扎一下，便覺得針刺難挨。這時，她才知道自己在打點滴。

一個頭戴白帽身著白袍的男子靠近俯視。

「很痛嗎？」男子湊近問道。

「我的下腹部很痛。」元子扭曲著臉低聲說道。

「您再忍耐一下，快到醫院了。」男子邊幫她把脈邊說道。

另一個身著白袍的醫護人員也探身前來。救護車大大地往左拐彎，急馳而去。聽得到周遭車輛的聲音，街燈掠窗而過。

「我的傷口很深嗎？」

「傷口？」

「我不是被刀子劃傷嗎？」元子以為自己被田部用刀子刺傷。

男子露出納悶的表情說：「您在大樓裡跌倒，因為撞擊而流產了。」

「……」

「您懷了四個月左右的身孕。這次撞擊流了很多血，不過我們馬上會送您到醫院治療。」

懷孕！

……元子聽到這句話時差點昏厥。

「我們到處打電話，可是幾乎所有的婦產科醫院都沒有空床。幸好，找到了一家好醫院，您可以安心了。」

元子感覺得出黏稠的血液正從自己的下腹部往大腿內側流淌下去。

我果真懷孕了？

而且懷的是安島富夫的孩子？

我懷了那個壞男子的孩子！

當元子痛苦得直扭動身體的時候，男子大聲斥責道：「您不可以亂動！您流了太多血了。」

因為大量出血的關係，元子只覺眼前模糊，睡意不斷襲來。

救護車忽左忽右急馳而去，不時傳出輪胎摩擦的刺耳聲，直衝進車陣裡。偶爾可以聽到街上行人的談笑聲。元子又昏睡過去。

救護車哐噹一聲停下。

元子被抬了出去，這時她才知道自己是躺在擔架上。她彷彿浮在半空中似的，旁邊有三、四個女人在說話。她們好像是護士。消毒水的味道撲鼻而來。

她依稀看到天花板上暗淡的燈光，好像是在醫院的走廊。她被推進一個房間，四周全是貼著白色磁磚的牆壁。她從擔架被抬到手術檯上，頭頂上有個圓形照明燈，周遭傳來金屬工具的碰撞聲，護士們在角落忙著消毒手術器具。她似睡猶醒地全聽在耳裡。有個護士在幫她把脈，另一隻手則有人幫忙量血壓。

其他的護士來了，褪下元子的衣服和內褲，立刻蓋上白布。她聽到一個護士說：「護理長，她流了好多血。」

「大概失血多少？」

一個中年女子的聲音對救護車的隨護急救員問道，大概就是護理長吧。不過，元子沒有看見護理長的身影。

「大概一千兩百毫升吧。」

「立刻準備輸血！」護理長命令道。

這也是元子在模糊的意識中聽到的對話。

接著，傳來了趿著拖鞋的腳步聲。手術台上的無影燈像太陽般更亮了。

「醫生，患者失血了一千兩百毫升左右。」護理長向醫生報告。

「是嗎。」

「收縮壓是六十三，舒張壓不知道，脈搏一百二十，蠻微弱的。」

「這樣子啊。」

「準備輸血。」

醫生的臉孔湊到元子面前。他頭戴白帽，身穿白袍，但沒有戴上口罩。

元子凝目細看，醫生也凝視著她。

他是楢林院長，臉上帶著微笑。旁邊又湊近護理長的臉孔來，元子知道她就是長臉的中岡市子。

元子大聲尖叫起來。

「救命啊，他們兩個人要殺我呀！」

元子的號泣聲響遍密閉的手術室。

松本清張歷年得獎紀錄

時間	獲獎名稱	獲獎作品／原因
一九五〇	週刊朝日「百萬人的小說」入選三等賞	《西鄉紙幣》，第25回直木賞入圍作
一九五三	第28回（一九五二年度下半期）芥川賞	《某「小倉日記」傳》，第28回直木賞入圍作
一九五三	第1回ALL新人盃佳作第一位 ※ALL讀物推理小說新人賞前身	〈啾啾吟〉
一九五七	第10回日本偵探作家俱樂部賞 ※日本推理作家協會賞前身	〈顏〉
一九五九	第16回文藝春秋讀者賞	《小說帝銀事件》
一九六三	第5回日本記者會議賞	《日本的黑霧》、《深層海流》、《現代官僚論》等作品
一九六六	第5回婦人公論讀者賞	《沙漠之鹽》
一九六七	第1回吉川英治文學賞	《昭和史發掘》、《花冰》、《逃亡》等作品
一九七〇	第18回菊池寬賞	《昭和史發掘》

一九七一	第3回小說現代 Golden 讀者賞	〈留守宅事件〉
一九七八	第29回NHK放送文化賞	
一九八五	文春 Best Mystery 100 ※文藝春秋選評	第3名《點與線》、第15名《零的焦點》、第53名《砂之器》、第73名《黑色畫集》
一九九〇	89年度朝日賞	社會派推理小說創始、現代史研究

松本清張重要作品發表年表（以推理作品為主）

寫作時間	作品名	備註
一九五〇～一九五〇	《西鄉紙幣》	出道作，歷史小說。週刊朝日「百萬人的小說」入選三等賞，第25回直木賞入圍作
一九五二	《某「小倉日記」傳》	歷史小說。第28回直木賞入圍作，第28回芥川賞得獎作
一九五七～一九五八	《點與線》	隔年單行本發行造成熱賣，確立了社會派推理小說的書寫型式。此兩書為社會派推理小說創始期的代表作
一九五七	《眼之壁》	

寫作時間	作品名	備註
一九五八～一九六〇	《零的焦點》	承續前兩作的風格，同時兼顧解謎趣味與社會性的代表作之一
一九五八～一九六〇	《黑色樹海》	
一九五八～一九六〇	短篇集《黑色畫集》	
一九五九～一九六〇	《影之地帶》	
一九五九～一九六〇	《黑色風土》	出版時改名為《黃色風土》
一九五九～一九六〇	《波之塔》	
一九五九～一九六〇	《霧之旗》	
一九五九～一九六一	《紅色月亮》	出版時改名為《高中殺人事件》
一九六〇	《日本的黑霧》	報導文學，探討戰後在美軍佔領下所發生的多起無解事件，「黑霧」一詞因此成為日本的流行語
一九六〇～一九六一	《球形的荒野》	
一九六〇～一九六一	《思考之葉》	
一九六〇～一九六一	《砂之器》	

一九六一	短篇集《影之車》	
一九六一～一九六二	《變成藍色的禮服》	
一九六一	《不安的演奏》	
一九六一～一九六二	《時間的習俗》	
一九六二～一九六三	《獸道》	從一九六二年起，松本清張的寫作重點轉變為描寫政治黑暗面，風格偏向犯罪小說
一九六四～一九七一	《昭和史發掘》	歷史研究鉅著
一九六五～一九六六	《花冰》	
一九六五～一九六八	《D之複合》	
一九六六～一九六七	《二重葉脈》	
一九六七～一九六八	短篇集《黑色樣式》	
一九七一～一九七六	《西海道綺談》	時代小說
一九七八	《空之城》	
一九七八～一九七九	《黑革記事本》	晚期的代表作之一
一九八〇～一九八一	《十萬分之一的偶然》	
一九八二～一九八三	《迷走地圖》	

原著書名／黑革の手帖・原出版社／新潮社・作者／松本清張・翻譯／邱振瑞・責任編輯／李季穎・發行人／凃玉雲・總經理／陳蕙慧・行銷業務部／尹子麟、林毓瑜・版權部／王淑儀・出版／獨步文化 城邦文化事業股份有限公司 台北市中正區信義路二段 213 號 11 樓 電話／(02) 2356-0933 傳真／(02) 2351-6320; 2351-9179・發行／英屬蓋曼群島商家庭傳媒股份有限公司城邦分公司 台北市中山區民生東路二段 141 號 2 樓・讀者服務專線／(02)2500-7718; 2500-7719・服務時間／週一至週五：09：30-12：00、13：30-17：00・24小時傳真服務／(02)2500-1990; 2500-1991・讀者服務信箱 E-mail／service@readingclub.com.tw・劃撥帳號／19863813 書虫股份有限公司・香港發行所／城邦（香港）出版集團有限公司 香港灣仔軒尼詩道 235 號 3 樓 電話／(852) 25086231 傳真／(852) 25789337 E-mail／hkcite@biznetvigator.com・馬新發行所／城邦（馬新）出版集團 Cite (M) Sdn. Bhd. (458372 U) 11, Jalan 30D/146, Desa Tasik, Sungai Besi, 57000 Kuala Lumpur, Malaysia 電話／(603) 9056 3833 傳真／(603) 9056 2833 E-mail／citecite@streamyx.com・封面設計／許立人・印刷／成陽印刷股份有限公司・排版／浩瀚電腦排版股份有限公司・總經銷／大和書報圖書股份有限公司 電話／(02) 8990-2588; 8990-2568 傳真／(02) 2290-1658; 2290-1628 2006 年（民 95）12 月初版・特價／280 元 ISBN 986-6954-42-0 ISBN 978-986-6954-42-9 Printed in Taiwan

黑革記事本（下）

日本推理一大師一經典

MATSUMOTO SEICHO

 ISBN 978-986-6954-42-9

國家圖書館出版品預行編目資料

黑革記事本（下）／松本清張著；邱振瑞譯．初版．--
臺北市：獨步文化：家庭傳媒城邦分公司發行，2006
〔民 95〕
面； 公分.（日本推理大師經典；11）
譯自：黑革の手帖

ISBN 978-986-6954-42-9（平裝）

861.57 95022127

獨步文化
APEX PRESS

廣告	回函
北區郵政管理登記證	
台北廣字第000791號	
郵資已付，免貼郵票	

104台北市民生東路二段 141 號 2 樓

英屬蓋曼群島商家庭傳媒股份有限公司　城邦分公司

請沿虛線對摺，謝謝！

獨步文化
APEX PRESS

書號：1UD010　**書名**：黑革記事本（下）　**編碼**：

請於此處用膠水黏貼

獨步文化 APEX PRESS

讀者回函卡

謝謝您購買我們出版的書籍！請費心填寫此回函卡，我們將不定期寄上城邦集團最新的出版訊息。

姓名：＿＿＿＿＿＿＿＿＿＿＿＿＿＿　性別：□男　□女

生日：西元＿＿＿＿＿年＿＿＿＿＿月＿＿＿＿＿日

地址：＿＿＿＿＿＿＿＿＿＿＿＿＿＿＿＿＿＿＿＿

聯絡電話：＿＿＿＿＿＿＿＿＿＿傳真：＿＿＿＿＿＿＿＿＿＿

E-mail：＿＿＿＿＿＿＿＿＿＿＿＿＿＿＿＿＿＿＿＿

學歷：□1.小學　□2.國中　□3.高中　□4.大專　□5.研究所以上

職業：□1.學生　□2.軍公教　□3.服務　□4.金融　□5.製造　□6.資訊

□7.傳播　□8.自由業　□9.農漁牧　□10.家管　□11.退休

□12.其他＿＿＿＿＿＿＿＿＿＿＿＿＿＿＿＿＿＿＿＿

您從何種方式得知本書消息？

□1.書店　□2.網路　□3.報紙　□4.雜誌　□5.廣播　□6.電視

□7.親友推薦　□8.其他＿＿＿＿＿＿＿＿＿＿＿＿＿＿

您通常以何種方式購書？

□1.書店　□2.網路　□3.傳真訂購　□4.郵局劃撥　□5.其他＿＿＿＿＿

您喜歡閱讀哪些類別的書籍？

□1.財經商業　□2.自然科學　□3.歷史　□4.法律　□5.文學

□6.休閒旅遊　□7.小說　□8.人物傳記　□9.生活、勵志　□10.其他

對我們的建議：＿＿＿＿＿＿＿＿＿＿＿＿＿＿＿＿＿＿＿＿

＿＿＿＿＿＿＿＿＿＿＿＿＿＿＿＿＿＿＿＿

＿＿＿＿＿＿＿＿＿＿＿＿＿＿＿＿＿＿＿＿

＿＿＿＿＿＿＿＿＿＿＿＿＿＿＿＿＿＿＿＿

請於此處用膠水黏貼